Johannes Rüber

Die Heiligsprechung des Johann Sebastian Bach

Johannes Rüber

Die Heiligsprechung des Johann Sebastian Bach

Eine Papst-Legende

Langen Müller

– Einmalige Sonderausgabe –

Schutzumschlaggestaltung: Atelier Höpfner-Thoma, München
Schutzumschlagmotiv: Archiv für Kunst und Geschichte, Berlin
Satz: Filmsatz Schröter GmbH, München
Gesetzt aus 11/13 Lino-Walbaum auf Linotron 202
Druck: Jos. C. Huber KG, Dießen
Binden: Thomas Buchbinderei, Augsburg
ISBN 3-7844-2616-6

1

Seine Handrücken hatten das Pigment der Mittelmeervölker, obwohl er – seit langer Zeit der erste Papst – kein Italiener war. Der Mann, der nun seit sieben Jahren den Heiligen Stuhl innehatte, kam aus dem Volk der Basken, das beiderseits der Pyrenäen an der Küste des Atlantiks wohnt; seine Muttersprache war das Französische.

Papst Gregor hatte die Violine beiseite gelegt; ein wenig schlaff und müde vom intensiven Spiel, dem er sich wie jeden Tag eine Nachmittagsstunde hingegeben hatte, glitten die Hände herab. Sein Spiel war verklungen; es war in höchster Form künstlerisch vollendet; denn angeleitet von spanischen und französischen Lehrern, hatte er zunächst Musiker werden wollen.

Die Schwestern Clara und Raphaela erschraken leicht; in ihre spitzen, unter den Hauben noch jugendlich wirkenden Gesichter trat der Ausdruck der Erwartung. Abgestimmt auf jede Bewegung des Heiligen Vaters, stand ihnen auch diesmal die Frage auf den Lippen: »Was wird er jetzt tun?«

Nach Tisch und nach dem Violinspiel, das Papst

Gregor keinen Tag vernachlässigte, liebte er die vollkommene Muße. Dann gab es kein Buch, kein Gebet; nur die reine Entspannung war Ziel seines Körpers, der schlank war, mittelgroß und alterslos wirkte, obwohl das Haupt die Farbe des Tauschnees hatte. Dann ging er durch die Gärten oder ließ sich im Wagen durch die Gassen der Ewigen Stadt fahren, über die Via Appia oder auf Seitenwegen um die Stadt herum. Irgendwo ließ er halten und lugte durch das Fenster, die leicht gebogene Nase gegen die Scheibe gepreßt.
Ernest, der Chauffeur, erlebte den Papst in Stimmungen, wie sie kein zweiter an ihm je erlebte, selbst der junge Kardinal Hopkins nicht, Gregors Staatssekretär. Er liebte es zu fahren, ob langsam oder schnell. Hinter Ernests rundem Rücken fühlte er sich in völliger Sicherheit. Bei niemandem sonst fühlte er sich so geborgen. Ernest war früher Chauffeur des Autobusses auf der Strecke zwischen der Bezirkshauptstadt und dem Benediktinerkloster in Hochburgund gewesen, wo Gregor bis zu seiner Erwählung als Mönch gelebt hatte. Eng muß dem Papst in der ersten Zeit der Vatikan gewesen sein, ihm, dem bis da die Klosterzelle Raum genug war; denn schon bald begannen die heimlichen Evasionen, mittags oder abends, wenn die Sonne hinter Ostia unterging, mit viel Rot über der Siebenhügelstadt. Und so ließ er, im Verlangen nach einem sicheren Wagenlenker, Ernest kom-

men, den Chauffeur der Société des Cars et Autobus von Bourg und Besançon.
Ernest wurde Zeuge dieser besessenen Fahrten vor der Stadt, auf den glatten Straßen, im Wind, der lau vom Meer herüberkam oder frisch von den Bergen herunterwehte, bei offenen Fenstern; wurde Zeuge merkwürdiger Aussprüche, auf die er achten lernte wie die schwarz-weiß gekleideten Nonnen im Vatikan: »Eine Entschlossenheit gewinnen wir dabei«, rief der Papst, »wie einst Soldaten, wenn sie gegen den Feind zogen. Dieser Wind! Er bläst einem die ganzen Geschäfte aus dem Kopf!«
Nur geflogen war er noch nie. Er bedauerte es den jungen Kardinälen gegenüber, wenn sie auf dem Luftwege nach Rom kamen. Als Kardinal Hopkins aus Amerika zurückgekehrt war, wo er in einen Streit zwischen den Konfessionen hatte eingreifen müssen, da hatte Gregor sich als erstes nicht nach dem Ergebnis der Verhandlungen erkundigt, sondern wie der Flug gewesen sei, wie die Wetterwolken ausgesehen hätten, die Wolken von oben, die Erde von oben, und ob, da es zum Teil ein Nachtflug gewesen war, in der Höhe die Sternenwelt sich anders ausnähme als von unten.
Vor der Stadt waren die großen Mietshäuser, Mammutbauten, riesige Wabenstöcke, die blendend weiß über der Campagna lagen, wenn die Sonne schien; an denen das Wasser in langen,

abscheulichen Fäden herablief, wenn es regnete. An diesen Bauten fuhr der Papst vorüber. Dann schüttelte er den Kopf. Er litt sehr darunter, daß er nur ein Leben hatte, daß er nicht eingreifen konnte, Nöte zu beheben vermochte, Regierungen zurechtzuweisen verstand, die ihren Pflichten nicht bis ins letzte nachkamen. Allein, hätte es nur jemand gewollt: Gründe gab es genug, dem Papst Tatlosigkeit vorzuwerfen; denn er war ein merkwürdiger Mann: bis heute hatte er noch keine Lehrmeinung verkündet und noch keine Heiligsprechung vorgenommen; keine soziale Epistel gab es von ihm, keinen Drohbrief gegen die Tyrannen, die nach wie vor in den verschiedensten Ländern der Welt regierten, und an seinen diplomatischen Fähigkeiten wurde längst offen gezweifelt.
Er selbst litt am meisten darunter, daß er nur eine Fähigkeit hatte; denn seiner Natur nach war er Künstler. Zwar sah er den Mangel ein und war beständig bemüht, ihm abzuhelfen, doch zu irgendeiner großen Handlung, zu der all seine Theologen geschlossen ihre Zustimmung gegeben hätten, war es bis heute nicht gekommen.
So hatte er noch immer viele merkwürdige, heilsame, vom frommen Gotteseifer gekennzeichnete Gedanken, denen er wie einst im Benediktinerkloster Tag für Tag nachhing; aber keinem winkte Verwirklichung, niemandem waren sie bekannt.
Einen dieser Lieblingsgedanken spann er aus, als

er an diesem Nachmittag die Violine aus der Hand gelegt hatte und sinnend durch das hohe Fenster auf die oktoberlich von dünnen Rauchfahnen gezierten Dächer von Trastevere blickte. So wie der weiße Rauch vor dem blauen Himmel aufstieg, steil und leicht in sich gekräuselt, war vor einer Weile die Partita von Johann Sebastian Bach durch das Musikzimmer des Papstes geglitten, durch den alten, feierlichen vatikanischen Raum – war gestiegen, steil und sich kräuselnd, tänzelnd und schreitend, mit Schleifen und festlicher Zierung.
Papst Gregor dachte französisch.
Jean-Sébastien, dachte er.
Saint Jean-Sébastien, fügte er hinzu.
Das war wie der kühne Gedanke eines phantasierenden Knaben und machte ihn lächeln, war einer jener Gedanken, die, laut ausgesprochen, die meisten seiner Theologen zum Kopfschütteln gebracht, bei einigen aber Verständnis, ja Zustimmung geweckt hätten.
Was würde wohl Hopkins dazu sagen, fragte sich Gregor.
Er stand am Fenster, verschränkte die Arme und sah blinzelnd hinter den dicken Brillengläsern, die seinem Gesicht einen hilflosen Ausdruck verliehen, auf die Dächer von Rom.
Schwer zu erraten. Vielleicht würde er zustimmen. Weil ich es bin. Vielleicht. Aber Monsignore Man-

cini, der strenge … Oder Kardinal Platoni … Und gar die beiden Nonnen vor meiner Tür …
Nun, er sprach ihn ja nicht aus, diesen Gedanken, sondern behielt ihn erheitert für sich. Er räumte die Geige ins Gehäuse, fühlte den schwarzen Samt sanft wie das Fell einer Katze, und wie elektrisiert von der Berührung, mit munterem und zugleich erschrockenem Lächeln und mit mahnend gestrecktem Zeigefinger, hob er die Hand. Dann schloß er den Kasten und verließ endlich leichten Schrittes den Raum. An den wartenden Schwestern vorbei, die Stufen hinab, nahm er den Weg in die Gärten. Da verschwand seine Gestalt, die Fäden des römischen Altweibersommers brechend, zwischen dem harten Grün der Eichen und Zypressen.

2

Seine Berufung zum Papst erscheint uns heute wie eine Legende. Er war nie Weltpriester gewesen. Bis zu seiner Wahl hatte er vollkommen zurückgezogen in einem französischen Benediktinerkloster gewirkt, viele Jahre als Organist, zuletzt als Abt.

Der letzte Papst war gestorben. Die Welt wußte, daß es nur einen fähigen Nachfolger gab, auf den die Kardinäle setzen konnten, dessen Hand, wie die seines Vorgängers, stark genug wäre, das Schiff, die Kirche zu steuern. Die Kardinäle schienen sich einig über die Bedeutung der Schlüsselstellung, die der amerikanische Kardinal Clarke in der Kirchen- und Weltpolitik hatte. Schließlich machte man aus der Annahme kein Geheimnis, daß die amerikanischen Katholiken, für die feststand, daß kein anderer Kandidat in Frage käme als ihr Kardinal, mit dem Tag seiner Wahl an Macht und Zahl zunehmen würden. Eine unabsehbare Folge von Konversionen der amerikanischen Protestanten, darunter Leute aus den einflußreichsten Kreisen, war vorauszusehen. Aber

dennoch: diese einmalige Chance gaben die Kardinäle plötzlich preis, und niemand wußte recht warum. Doch hieß es, der verstorbene Papst habe kurz vor seinem Tod gewisse Andeutungen und Ratschläge hinterlassen, welche die Erwählung des Amerikaners als gefährlich und unerwünscht darstellten. Schnell wuchsen die Anhänger dieser Meinung, die mit aller Schärfe von einigen vatikanischen Theologen vertreten wurde, besonders von Kardinal Platoni, einem der engsten Mitarbeiter des verstorbenen Papstes. Schon wurden neue Namen genannt, darunter Platoni selber, ein chinesischer Kardinal und ein indischer. Spott brach aus, Uneinigkeit drohte. Politiker, europäische und amerikanische, westliche und östliche, schalteten sich ein. Im zivilen, demokratischen Kleid unserer Zeit wiederholten sich, sobald der Papst gestorben war und in Rom die Kardinäle zur Wahl schritten, mittelalterliche, fast renaissancehafte Verhältnisse, unerwartet und allen Beteiligten und Unbeteiligten ein groteskes Schauspiel.
Lange Zeit zogen sich die Wahlgänge hin, der Kamin rauchte schwarz.
Meist wurden ungültige Stimmen abgegeben. Keine Einigkeit wurde erzielt, bis schließlich die Stilleren im Konsistorium einen Ausweg anbahnten, der in der Wirkung aber gleich mittelalterlich und renaissancehaft war wie die Ursache des ganzen Streites; denn nichts anderes als Weltflucht war es,

wozu sich endlich die Kirche gezwungen sah. Die Kardinäle gaben dem merkwürdigen Gedanken Raum, auf einen Diplomaten zu verzichten. Keinen schlüsselgewaltigen Petrus wollte man wählen, sondern einen beschaulichen Matthäus. Also einigten sich schließlich die Männer des Konsistoriums, nach Wochen qualvollen Wägens und Wählens noch immer nicht zu einem Ergebnis gelangt, zum ersten Male seit denkbarer Zeit keinen Kardinal zu wählen, sondern irgendeinen bedeutenden Mann der Kirche. Namen wurden genannt, Bischöfe, Gelehrte, Mönche, darunter ein französischer Abt, nicht der Jüngste mehr, doch mit der nötigen Kraft versehen, ein Amt wie dieses hochheilige für ein paar Jahre zu bekleiden.

Eine Reihe beachtlicher Schriften hatte den Mönch Severin bekannt gemacht. Sie waren reinen Charakters, nicht polemisch, nicht apologetisch, und stellten eine schlichte Ergänzung der mittelalterlichen Schriften dar, etwa des heiligen Thomas. Hauptsächlich aber hatte Severin sich mit der Kunst beschäftigt. Vor seiner Erwählung zum Abt war er der Organist seines Klosters gewesen. Seiner Erscheinung, seiner frommen Einfachheit, seiner Weisheit wegen hatten ihn die Mönche später zu ihrem Abt gemacht; denn rechte Führungseigenschaften eigneten ihm nicht, obwohl er eine starke Persönlichkeit war, wie oft die Interpreten der musischen Kunst.

Diesen Mann also wählten die Kardinäle einstimmig zum Papst. Eine Abordnung holte ihn aus seinem Kloster. In schnell und leise fahrenden blanken Limousinen fuhren die Kardinäle die kurvenreichen Straßen des Klostertales hinauf. In blendendem Purpur entstiegen sie den mehreren Ländern zugehörigen Wagen und gingen in den Kreuzgang des Klosters hinein. Vergeblich suchten die hohen Würdenträger zunächst im Kloster nach dem Abt. Auf der Orgelempore traf man ihn schließlich an. Dort saß er auf der harten Bank, spielte Bach und trat mit nackten Füßen die Bässe. Erstaunt sahen die Kardinäle auf diese nackten weißen Füße, aber erstaunt war auch der Blick des Überraschten. »Bach spielte in Strümpfen«, kam es entschuldigend und mit einem feinen Lächeln, »aber das war in Leipzig, dort war es kälter.«
Nein, der Abt ließ sich durch den Purpur der Gäste nicht erschrecken, die da in sein Kloster gekommen waren, um ihn nach Rom zu bringen – im Triumphzug, so legendär wie keiner seit der Zeit der großen christlichen Baukunst, deren mächtiges Zeugnis Severins Kloster in Burgund war. Mit geneigtem Ohr hörte er sich den Spruch der Kardinäle an und gab nickenden Hauptes seine Zustimmung. Was die Kardinäle befürchtet hatten, trat nicht ein: Abt Severin zögerte nicht, seine Zustimmung zu geben. Kein Gedanke, daß er ablehnen könne …

Zwei Laudes ließ er verklingen, zwei Primen – denn zur Zeit der Terz waren die Abgesandten gekommen –, drei Sexten und drei Vespern, ehe er eines Morgens zwischen dritter Matutin und dritter Laudes mit den prunkvollen, inzwischen vom Staub der burgundischen Landstraßen gesäuberten Limousinen sein Kloster verließ und gen Rom fuhr.

Sie hatten ihn einstimmig gewählt, selbst begeistert von ihrer schnell zu populärem Ruhm gelangenden Wahl. Wie kam es da später zur Reue? Sie hatten keinen Wackelkopf gewählt. Limousinen und Purpur beeindruckten ihn nicht, ebensowenig die Erfahrung greiser Kardinäle, die ihm ihre Freundschaft anboten, soweit dies möglich war. Er schuf sich ein paar zuverlässige Freunde unter den jungen.

Zu ihnen zählte der englische Kardinal Hopkins. Der war ein großer, schlanker Mann mit klaren Augen und hellem Haar. Sein Profil war das am stärksten gefestigte, das man seit einem Jahrzehnt im Vatikan antraf; in seinen Zügen jedoch stand unaufhörliche Unruhe, die hauptsächlich in den inneren Augenwinkeln, zu seiten der Nasenbrücke und um den Mund oberhalb des Kinnes spielte. Gregor hatte ihn ohne Absicht zum Kardinal ernannt, als man ihm zum ersten Male Vorschläge zur Verleihung des Purpurs gemacht hatte. Die Kardinäle, die er zu ernennen hatte, waren noch in der Kardinalsbäckerei – wie der Volksmund sagte – seines Vorgängers gebacken worden. Gregor war ohne jede Erfahrung. Auch Hopkins, der bisher Prälat im Vatikan gewesen war, hatte er in der kurzen Spanne seiner Amtszeit kaum zu Gesicht bekommen. Er sah ihn, als er ihm den Purpur verlieh. Sie hatten ein Gespräch miteinander, und Gregor ernannte ihn zum Kardinal-Staatssekretär, statt des zuerst vorgesehenen Kardinals Platoni. Gleichzeitig ernannte er ihn zum neuen Titularbischof der Kirche vom Heiligen Kreuz zu Jerusalem, in der Nachbarschaft von Sankt Johannes im Lateran, der Kirche des Papstes.

Diese Tat Gregors rief den ersten Unwillen einiger seiner älteren Kardinäle hervor.

»Was haben Eure Heiligkeit an diesem Engländer?« fragte Kardinal Platoni, der Mann mit der ältesten vatikanischen Erfahrung, zuletzt sogar in die engere Papstwahl gezogen. Er war, wie man ihn nannte, der Vater des Mittelmeeres, il padre del Mediterraneo; denn er verwaltete im Vatikan die Anliegen der romanischen Völker.

»Wenigstens«, erwiderte Gregor auf Platonis fast bösartige Frage, »ist er kein Amerikaner.«

»Das wäre noch schöner«, entgegnete der Kardinal.

»Wir lieben die Engländer ein wenig«, sagte der Papst und blickte erheitert durch seine vergrößernden Brillengläser auf den Kardinal.

»Im allgemeinen?« fragte Platoni.
»Zumindest im besonderen«, sagte der Papst. »Sie haben Charakter.«
Er verbesserte sich lächelnd, um Platoni zuvorzukommen: »Zumindest Charakterköpfe.«
Und mit der Hand wies er halb scherzend, halb ernst über die Dächer Roms, dorthin, wo sie in der Ferne von mächtigen, herüberwinkenden Pinien geschirmt wurden, wo ein Stück alter Mauer verlief, mit Zinnen bewehrt, wo bei dem braunen Torbogen, durch den der Apostel Paulus nach Ostia gezogen war, als er sich nach Spanien einschiffte, und später, als er zur Stätte seiner Hinrichtung geführt wurde, die Pyramide des Cestius im blauen Marmor stand.
»Und sie tragen ihren Namen oftmals nicht zu unrecht, die Angeln, will uns scheinen«, sagte Gregor. »Engelhafte Antlitze hat es schon oft unter ihnen gegeben. Shelley, Keats ...«
»Oh«, sagte der Kardinal und zuckte leicht erschrocken mit der erhobenen Hand, »Gesichter, die schließlich das Laster zerstört hat ...«
Während er bei sich fast widerwillig dachte: »In die Richtung des protestantischen Friedhofs zeigt der Heilige Vater also ...«
Kardinal Platoni, ein Mann mit einer starken, mehr gesegneten als segnenden Hand und bewundernswert festen Ansichten, war weithin bekannt als Bekämpfer protestantischen Irrtums, der ja im

gleichen Maße das Recht der Wahrheit für sich in Anspruch nahm wie Rom, besonders in den seiner Fürsorge unterstellten romanischen Ländern. Schon der Vorgänger Gregors hatte ihn des öfteren zurechtweisen und seinen mitunter sehr harten, dem Ansehen der Kirche schädlichen Eifer mildern müssen.

»Nun, Platoni«, fragte der Papst lächelnd, »lieben Sie die Poeten nicht auch?«

»Dante«, sagte der Kardinal.

»Wir sagen es Ihnen ganz im liebevollen Vertrauen«, sagte darauf Gregor, »daß wir uns Gott nur noch ein wenig verstehender und gütiger vorstellen, als es die Dichter sind, die unter uns Sterblichen immerhin das meiste und weiseste Verstehen und Verzeihen für uns haben, zumindest haben müßten ...«

Kardinal Platoni lächelte. Er zwang sich dazu. Nach einer leichten Verneigung ging er davon. Dabei stieß er ein wenig verzweifelt den während der väterlichen Rede angepreßten Atem zwischen den Zähnen aus. Erst als man die große Tür hinter ihm geschlossen hatte, öffnete er die Augen, die er zum Schluß blindlings zugedrückt hatte.

Allmählich schüttelten die meisten Theologen Gregors zu all seinen Sprüchen und Ratschlüssen den Kopf, und nur ein Teil, dessen Gunst sich Gregor unbeabsichtigt verschafft hatte, stimmte zu. Doch waren diese letzteren, mit Kardinal Hopkins an der Spitze, in der Minderzahl. Das Volk, unter der Anführung des Chauffeurs Ernest und der beiden Nonnen Clara und Raphaela, zollte dem Papst die Verehrung, die es jedem Papst entgegenbringt.

Sein Denken war ja so einfach. Vollzog er einmal den Schritt in die politische Welt, so tat er's in der sorgsamsten Bescheidenheit. Er verhehlte auch nicht seine Unkenntnis in Dingen der Zeitgeschichte und hatte nicht die geringste Absicht, sich gefährlichen Situationen als ein großer Mann gewachsen zu zeigen. Aber seine Unternehmungen waren voll Wärme und führten, zur Überraschung aller, jedesmal zum Erfolg, weil er sich nie zuviel vornahm. Entgegen den Warnungen seiner Ratgeber setzte er sich mit dem Lager der Gegner auf eine so leichte Art in Verbindung, daß man ihn dort nicht abweisen konnte. Ja, er sprach mit den Führern selbst der scheinbar unnachgiebigsten, linksgerichteten Parteien und fand williges Gehör. Dabei machte er alles mündlich ab. Er wünschte keine Epistel, schloß kaum Verträge ... Und wenn er auch geschichtliche Unglücksfälle, die nach seiner Zeit eintraten, nicht verhindern konnte, so half er sie doch hinausschieben: während seiner Regierung ist kein weltbewegendes Mißgeschick eingetreten.

Dennoch waren jene Kreise nicht im Unrecht, die sich vom Papst klare Entscheidungen erhofften und für die Geschichte der Kirche Marksteine verlangten, daß er sie setzen solle zur Festigung der gläubigen Menschheit. Man wollte Dogmenstärkungen, Meinungsäußerungen, Heiligsprechungen. Kurz, man verlangte nach Festen, mit denen dieser fromme, in sich gekehrte und doch mit letzter Offenheit nie geizende Mann so hartnäckig und, wie es schien, nachlässig auf sich warten ließ.

3

In dieser Zeit nahm es noch Wunder, daß einer der wichtigsten Männer der lutherischen Kirche, der Bichof von Hamburg, einen Brief erhielt, abgefaßt in der Handschrift des Papstes. Wie kam gerade dieser Mann zu einer solchen Auszeichnung? Der Bischof war als nüchterner Mann bekannt: im Harz geboren, doch seit Jahrzehnten in Niederdeutschland zu Hause, vereinigte er in sich beide Wesen der Deutschen: das in sich gekehrte, vergnügte der Bewohner hügeliger und gebirgiger Landschaften und das weitsichtige, schwere, sich den Tatsachen des strengeren Lebens entgegenstellende der Menschen aus dem Flachland, deren Bischof er war. Hinzu kam das Salz des Meeres: er wohnte in der Nähe der Küste, von Ebbe und Flut, an der weiten, meerverwandten Elbe, wo sie sich aus dem Schlauch des Flußbetts befreit hat.
Der Brief des Papstes kam als Weihnachtsgeschenk, kurze Zeit nach Beginn unserer Geschichte, und er setzte den Bischof in nicht geringes Erstaunen.
Im ersten Augenblick glaubte der Bischof an eine

Fälschung und öffnete den Brief nicht. Aber sooft er ihn auch in den Händen umdrehte, es bestand kein Zweifel: das Siegel war echt. Da erschien es ihm geboten, den Brief der eiligst einberufenen Kirchensynode vorzulegen. Was war zu erwarten von Gregor, dem Merkwürdigen, von dem niemand mehr etwas erhoffte? Eine Attacke gegen die Lutheraner? Seine fast offene Gegnerschaft zu Kardinal Platoni sprach eigentlich dagegen. Oder – sagte sich Hammerschmied – sollte sich der Papst mit Vereinigungsplänen tragen? Auf jeden Fall ging dann der Brief nicht nur den Bischof an.

Dennoch tat Bischof Hammerschmied schließlich das mit dem Brief, was der Nüchternheit seines Eintreffens entsprach: unserer demokratischen, purpurlosen Zeit gemäß hatte er den üblichen Postweg genommen; fast noch nach Apfelsinen und Zitronen duftend, war er nicht von einem vatikanischen Kurier überbracht worden, sondern von dem Flottbeker Postboten. Er öffnete ihn, las ihn hastig, überflog ihn und war sofort von seinem Inhalt berührt, ohne ihn gleich ganz zu erfassen. Überraschung und Freude! Er hielt ein kleines Kunstwerk in Händen. Er las ihn zweimal, dreimal, stellte den Bogen auf den Kopf, um die kleinen, schönen Zeichen ohne den Inhalt zu genießen. Las ihn wieder. Und es traten ihm, was ja auch bei einem zarten Kunstwerk nicht fehlen

darf, die Tränen in die Augen, aus denen langsam alle Ratlosigkeit gewichen war.
Niemand erfuhr etwas über den Inhalt des Briefes. Daß der Papst ihn geschrieben hatte, wurde bekannt. Der Vatikan gab es als Radio-, Fernseh- und Zeitungsmeldung durch, kurz und verschlüsselt, ganz in der Form, wie man den Audienzempfang eines zweitrangigen Staatsmannes, eines Dichters oder Künstlers verlauten läßt: »Papst Gregor XIX. empfing den Dichter N. N. zu einer viertelstündigen Audienz.« Und man raunte: »Was mögen sich die beiden wohl erzählt haben? Der N. N. ist doch alles andere als ein Katholik.«
Da hieß es also: »Der Papst richtete einen Weihnachtsgruß an den evangelischen Bischof von Hamburg.«
Ein Rätselraten hob an.
Man ging spontan vor: Freilich, Gregor, auf dessen Eingreifen in die Geschicke der Kirche man seit langem wartete, er, dessen Erscheinung die Legende seit jener Verlegenheitswahl der Kardinäle allzusehr umsponnen hatte, war wohl der Mann, der den Gedanken fassen konnte, die seit über einem halben Jahrtausend gespaltene Kirche wieder zu vereinen.
Wie er jedoch diesen Gedanken je verwirklichen wollte, das wagte man sich nicht auszumalen. Nein, es würde wohl kaum etwas aus der Verwirklichung solcher Träume. Schließlich war Gregor

Künstler. Zwar war er der Heilige Vater, aber er war kein allzu schlüsselgewaltiger Petrus. Von seiner diplomatischen Fähigkeit waren keine geschichtlichen Taten zu erwarten. Die Kirche hatte zwar keinen großen Feind zur Zeit, doch hätte dieser in Gregor ja selbst keinen starken Gegner gefunden.

»Unter seiner Hand schläft die Kirche sehr sanft«, sagten ein paar zu Spott aufgelegte Männer im Vatikan den Vorüberkommenden ins Ohr.

»Auch wenn er die Violine spielt?« fragte man.

»Seine allernächsten Schwestern, Clara und Raphaela, pflegen jeden Mittag ihren Schlaf vor dem Musikzimmer des Papstes zu halten. Wenn er dann sein Spiel beendet hat, schrecken sie auf.«

Kardinal Platoni aber sagte: »Ein liebenswürdiger, ein wunderbarer Mann, der Heilige Vater. Im Vatikan wohl die bedeutendste Physiognomie seit Jahrhunderten. Aber an eine Vereinigung der beiden Konfessionen, wovon die Eine die wirkliche Kirche ist, denkt er gar nicht... Die Protestanten haben kein Oberhaupt, das ein Partner des Heiligen Vaters sein könnte. Deshalb betrachten wir den Weihnachtsbrief des Heiligen Vaters an den lutherischen Bischof als Privatangelegenheit.«

»Was aber mag er wirklich bedeuten?«

»Eine Laune?« sagte Platoni fragend.

»Oder hat der Lutheraner zuerst geschrieben?«

»Davon ist mir nichts bekannt«, sagte Platoni und

hob erheitert die Hand. »Es kann aber durchaus möglich sein. Der Bischof hat sich vielleicht über uns beschwert. Der Papst schlichtet. Ein paar gutgemeinte Worte. Eine Art diplomatischen Tricks, sich aus der Affäre zu ziehen ...«

Der Bischof von Hamburg behielt den Inhalt des Briefes für sich. Nur ein paar intelligente Köpfe kamen mit ihrer Vermutung der wie immer völlig schlichten Wahrheit nahe: Der Landesbischof von Hamburg galt als bedeutender Musikwissenschaftler; ja, er war als einer der besten Kenner des Werkes von Johann Sebastian Bach berühmt. Unter seiner Anleitung fanden seit Jahrzehnten die großen Kantatenzyklen statt, um die sich eine neue Blüte lutherischer Liturgie rankte.

Der Bischof schwieg gegen die Öffentlichkeit. Dem Papst aber gab er unverzüglich Antwort, ein Beweis dafür, daß der Briefwechsel nicht weiter schwerzunehmen war; denn sonst hätte er den gewissenhaften Mann in Norddeutschland zu längerem Nachdenken gezwungen. Der Papst empfing die Antwort noch zum Weihnachtsfest.

Und doch zeigte auch die Entstehung der Antwort die gewissenhafte Art des Hamburger Bischofs. Eine Nacht verging, durchwacht mit seiner Tochter, einem merkwürdigen Wesen, das man mit langem kupferbraunem Haar und großen, brennenden braunen, fast welschen Augen – stets einem Notenheft, meist von Johann Sebastian

Bach, unter dem Arm – durch das neblige oder sonnige, vom Seewind überwehte Hamburg laufen sah, unterwegs zum Singen im Kantatenchor, zum Unterricht im Klavierspiel. Im Hause des Landesbischofs wurde, als in einem der wenigen Häuser der geschäftigen Stadt, Cembalo gespielt. Luise Hammerschmied spielte bei den berühmten Kantatenaufführungen stets das Saiteninstrument. Aus einem besonderen Grund aber sah sich der Hamburger Bischof zu dieser Gewissenhaftigkeit gezwungen. Zusammen mit seiner Tochter ging er in jener durchwachten Winternacht, bevor er am nächsten Morgen die Antwort schreiben würde, das fünfte Brandenburgische Konzert durch. Die hellen Gesichter glühten, weltvergessen. Zwischendurch, während Luise fanatisch an der Kadenz im ersten Satze übte, bei der das zarte Cembalo vom Orchester im Stich gelassen wird, und schon der Vollkommenheit des Spieles mit ihren dünnen, zierlich sich in den Gliedern merkwürdig durchbiegenden Händen nahekam, rannte der Bischof ans Fenster, zog den Vorhang beiseite und starrte in die klare Winternacht.
Kahle Baumstämme und das Nadelgehölz im Garten riegelten das Haus von dem entfernten Licht der Großstadt ab. Dicht ans Fensterglas gerückt schienen die überaus deutlichen Sterne dieser Nacht. Kalte Tage waren vor Weihnachten eingebrochen, der Nordost wehte, nicht »der liebste«

ihnen, sondern der bitterste von allen Winterwinden. Scharf biß dieser Wind, der etwas Kriegerisches, Feindseliges hatte und den Geist aufriß, preßte sich knisternd gegen das Glas. Blau aber wie im Süden war untertags der Himmel, zwischen den Häusern stand leuchtend die Sonne und schoß schlanke Pfeile über das fast sommerlich staubige Land, auf das kein Schnee gefallen war. Alle Gewässer waren zugefroren, die Elbe, die Alster, die Küstenwasser, Wattenmeere; die Inseln und Halligen waren abgeschnitten. Zwar regierten Sonne und Mond, doch der Mond war eine Phase lang stärker. Diese Nächte waren schön, aber grausam war ihre Schönheit; denn wo die Wintererde nicht die schützende Hülle der Wolken hatte, da waren die kalten Sterne zu fürchten, mehr als die Flut des Meeres, als der Sand der Wüsten.

»So«, sagte plötzlich Luise, mitten im Spiel, das zart und fest zugleich das Zimmer erfüllte, »so muß es recht sein.«

Und sie spielte über die klare Grenze der Kadenz hinaus, wo sich das Orchester plötzlich wieder einfindet und den Dur-Jubel in voller Kraft der Gemeinschaft beschließt.

Da trat der Bischof zu seiner Tochter und zeigte ihr, die aufatmend von der zierlichen Cembalotastatur sich aufrichtete, den Brief. Tat es selbst auf die Gefahr hin, die er mit einem Male in Gedanken beschwor, es könnte für seine merkwürdig über-

spannte, aber nicht einmal fromme Tochter ein Grund sein, der römischen Kirche näherzutreten, wozu solch liebenswürdiger menschlicher Anlaß genügen mochte.
Die Tochter versprach zu schweigen und las den Brief, den sie dem Vater nicht aus der Hand zu nehmen wagte, sondern von der Seite einsah. Auch sie wurde sofort von der Flamme der Begeisterung für die kleine Poesie berührt, stieß Laute des Entzückens aus, wollte nach dem Papier greifen, ließ es aber, und ihr Vater sagte, indem er ihr voll Freude das Schreiben auf die flachen Hände legte: »Und dieser eine Satz zum Schluß: ›Auch sind Wir nicht ganz sicher beim Spiel des Cembalos in der Kadenz des fünften Brandenburgischen Konzertes, eine kleine Erläuterung würde Uns – usw. –‹ ist er nicht rührend?«

4

Im Frühling ging der Hamburger Kantatenkreis auf die Reise. Er sollte zum ersten Male in den südlichen und westlichen Ländern Europas Konzerte geben. Die Reise war seit langem geplant. Aufführungen von Werken des Barock waren in Holland, Belgien, Frankreich und Spanien angekündigt. Doch plötzlich wurde auf Anordnung des Hamburger Bischofs der Reiseplan umgeworfen, nicht an den Zug nach Ostende wurden die Koffer und Gehäuse der Instrumente, der Bachtrompeten, der Celli und großen Bässe gebracht, sondern an den Syrakus-Expreß: man fuhr nach Italien. Der Bischof ging mit auf die Reise.

Nach dem Süden zog der Kantatenkreis, verließ die engen Grenzen des Nordens, zog durch die Länder Deutschlands, vorbei am Harz, durch protestantische Landschaft, wo die Kirchen ohne Fensterbunt unter mächtigen Linden- und Eichbäumen stehen, wo einst Kantoren gewirkt haben; hinab an den Main, ins katholische Land, wo Kreuze und Madonnen am Wege stehen, wo die Kirchen Fensterbunt und satte Bilder haben. Nach

München und Kufstein. Durch die Alpentäler, über den Brenner. An der Etsch hinab aus der Region des Schnees in die nur noch leicht beschneiten Täler der tridentinischen Alpen mit ihren steilen Zypressen unterm braunen Felsgestein, darauf der Schein der Morgensonne lag. An den grauen, mörteligen Steinen der Stadt Trient vorbei, wo sich einst die katholischen Gegner der Reformation zusammengefunden hatten, um eine neue Ordnung harter und strenger Entschlüsse zu fassen, mit denen die Scheidung zwischen realer heilig nüchterner und heilsam phantasievoller Frömmigkeit, zwischen christlicher Freiheit und christlicher Organisation endgültig vollzogen wurde. Durch den engen Durchbruch der Etsch hinaus ins noch winterlich kahle, kalkig überstreute lombardische Tiefland. Auf den Spuren der Könige, die es nach der römischen Kaiserkrone verlangt hatte, auf den Spuren der Dichter, die den wirklichen Lorbeer schauen wollten, auf den Spuren von Johann Sebastian Bach, der, obwohl er mit den Füßen den nordischen Raum nie verlassen, dennoch mit dem Geiste die reifen Früchte des Südens eingeholt hatte, ehe er dann im norddeutschen Flachland und über den Hügeln zwischen Werra und Oder das Gebirg seiner Kantaten und Fugen erbaute. Auf den Spuren von Heinrich Schütz, von Mozart und Gluck. An Venedig vorbei und auf Florenz zu. In der Toskana, als der letzte

Tunnel durchfahren war, empfing sie ein mild blauer Himmel. In die Heimat also der sinnlich reinen Musik; an die Stätten Gregors des Großen, Palestrinas, Frescobaldis, Monteverdis und Antonio Vivaldis. Zum Altar von Sankt Peter, wo sich Johann Sebastian seine schönsten, größten Klänge und Themen geholt hatte, ohne je dort gewesen zu sein.

So kamen die Hamburger nach Rom, um hier die Reihe ihrer Konzerte zu eröffnen. Der Papst hatte sie eingeladen. Bischof Hammerschmied hatte angenommen. Die erste Aufführung sollte in der Sixtinischen Kapelle stattfinden. Schon oft hatten Künstler vor Päpsten gespielt. Große, geringere, Komponisten, Virtuosen. Daß der Papst sich die Kantatensänger anhören wollte, hatte keine sonderliche Bedeutung. Danach würden die Hamburger im Konzertsaal vor dem römischen Musikpublikum musizieren. Längst waren die beiden vorgesehenen Abende ausverkauft. In großen antiken Lettern fanden die Deutschen auf Plakaten an den römischen Häuserwänden ihr Programm verkündet. An Kiosken, Säulen, Toren und Wänden war es zu lesen: Vokal- und Instrumentalkonzert mit Werken von Johann Sebastian Bach. Trauben bildeten die Hamburger vor diesen Plakaten und genossen ihren frischen Ruhm.

Bischof Hammerschmied nahm sich in Rom wie ein unbedeutender Mann aus. So wollte er es. Bis

Rom hatte er seine Sänger und Musikanten begleitet, dem Konzert im Vatikan würde er selber als Sänger beiwohnen. Er wollte den Papst sehen, wollte sehen, wie er sein Geschenk annähme. Dann würde er wieder heimreisen.
Er trug einen grauen Regenmantel. An der Seite seiner Tochter, die ihr braunes Haar mit einem bunten Tuch verhüllt hatte, ging er durch das mittägliche Rom. Von der Brücke des Fabricius an der Tiberinsel hatten sie die Kuppel von Sankt Peter vor Augen. Hin und wieder fiel ein Wort. Langsam schwand jene stumme Ergebenheit in die fremden Dinge, die aus dem Suchen nach Anhaltspunkten entstand. Sie hatten kleine, vertrauliche Zeichen gefunden. Denn während es anfangs einige verschlossene, fast feindselige Empfindungen gegen diese offene Stadt gegeben hatte, stimmten ein paar rührende Begegnungen sie wieder versöhnlich. Seitlich des Tibers, zwei heidnischen Tempeln gegenüber, einst der Vesta und Fortuna geweiht, hatten sie das Kirchlein Maria in Cosmedin gefunden und waren eingetreten. Stille umfing sie, Dämmerlicht und das leise Atmen des Gottes, der sich hier ansprechen ließ. Langsam gingen sie an den goldenen Seitennischen vorüber, in denen spätere Zeiten dem schlichten Kirchlein Goldstuck und Prunk beigefügt hatten. Unter der flachen Decke der Basilika, zwischen den schwarzen Säulen langvergangener

Zeit, unter verschatteten Fresken fühlten sie sich zum Gebet aufgefordert. Der Bischof widerstand nicht. Er dankte Gott, daß Er so einfach, so leicht zu fassen war. Wie gut es war, Ihn in diesem Raum aufsuchen zu können. Ein Raum, klein, innerlich, abseits vom Straßenverkehr, hinter weißen, zerfallenen Tempeln der antiken Götter.
Sie blieben etwa eine halbe Stunde. Dann vertrieb sie der Glockenschlag vom Campanile. Es war zwölf Uhr, der Kastellan schloß die Kirche. Man gönnte dem Herrn eine Mittagsstunde.
Luise sagte: »Die Stunde Pans.«
Doch noch ganz von dem Geschenk der Kirchenatmosphäre umfangen, antwortete der Bischof: »Das Einfache läßt fromm werden. Wie ratlos würden die Erbauer dieses Kirchleins im Dom von Sankt Peter stehen, unter den maßlosen Gewölben, zwischen dem kalten Marmor, dem verschwendeten Gold …«
Und als sie an den Gardeposten vorbeikamen, die in alter Tracht, mit Gewehr und aufgepflanztem Bajonett, vor den Toren des Vatikans standen, sagte Hammerschmied: »Und Christus würde zu diesem Wachtposten sagen: ›Stecke dein Schwert in die Scheide.‹«
»Woran du immer denkst!« rief Luise da fast vorwurfsvoll aus. »Ich denke überhaupt nicht mehr. Ich sehe alles, und meine Seele sammelt die Dinge, die meine Augen in diesen Stunden

geschaut haben: Bambinos, Mädchen, Zitronen, das Immergrün der Zypressen. Ach, Papa, ich glaube, daß ich mit dieser Stadt noch lange nicht fertig sein werde ...«

Sie fuhren mit dem Bus zum Tor des heiligen Paulus. Dort wollten sie den protestantischen Friedhof besuchen. Still war es hier wieder. Das Tor war so hoch wie die Mauer, die den abgeschlossenen Ort umgab. Mächtige Pinien überragten und schirmten den Wall und die Zinnen. Die Gräber lagen zu Füßen der alten Stadtmauer; einzelne Steine waren von Zypressensträuchern beschattet, andere von Mimosen überblüht. Damals, als die römischen Bürger den fremden Protestanten verwehrten, ihre Verstorbenen innerhalb der Stadt zu begraben, hatte diese Stelle noch außerhalb der Stadt gelegen. Die antike Mauer galt als Grenze nicht mehr. Heute war sie längst von den Häusern der modernen Stadt überflügelt.

Der Bischof zeigte auf einen plätschernden Wasserstrahl, der aus der Mauer neben dem Tor hervorfloß. Auf den Rand des Beckens hatte sich eine junge Dohle gesetzt, die mit ihrem gelben Schnabel in die dicht aufeinander fallenden Tropfen hieb, so daß es glitzernd um ihr Gefieder spritzte. Der Lärm des Verkehrs, der draußen am Paulustor einen Knotenpunkt bildete, war fast völlig verbannt aus diesem friedlichen Geviert.

Sie fanden Keats' Grab.

»Wieder das Wasser«, sagte der Bischof. »Hier liegt einer, dessen Namen in Wasser geritzt ist.«
»Hier«, sagte Luise, »liegen Goethes Sohn, Shelley und Keats ... Ach, Pa, ich kann großes Gefallen finden an der römischen Kirche. Die Menschen können sich in jeder Wegkapelle zu Hause fühlen. Das beschäftigt meine Augen wie die Flamme der Kerze, in die man stundenlang blicken und träumen kann. Doch ich bin ein Mensch des Ohres, und so bleibt mir stärker das Rauschen des Meeres vertraut. Auch Bachs Name ist des Wassers Symbol.«
Der Kantatenkreis bildete eine geschlossene Gemeinde, eine Familie fast; viele der Mitglieder waren miteinander verheiratet, nebeneinander im Orchester musizierten Väter und Söhne, Geschwister und Verlobte. Und alle reagierten sie, als sie in der Sixtinischen Kapelle Einzug hielten, in der gleichen Weise: schauten staunend zu den Wänden und Decken auf, suchten prüfend ihre Sitze hinter den kunstvollen Notenständern und sahen, als sie ihre Plätze eingenommen hatten, skeptisch zum Chorgestühl hinüber, wo die Würdenträger der römischen Kirche saßen. Feierlich ruhten die Farben des Violetts und Purpurs der Kirchenfürsten vor ihren Augen. Ein paar jüngere Musiker aber, die nur zaghaft an ihren Geigensaiten zu zupfen wagten, hüstelten. Luise Hammerschmied saß am Cembalo, den Rücken zur Reihe der Bischöfe

und Prälaten; die Hände hatte sie in den Schoß gelegt und rieb sie leicht aneinander. Ohne daß sie den Kopf bewegte, suchten ihre Augen den Vater, der in der Mitte des aufgestellten Chores unter den Tenören saß. Hammerschmied hielt die Augen unter den herabgedrückten Brauen geschlossen. Er atmete ruhig und hatte ein Gefühl, das der Spion haben muß, dem es gelungen ist, in die feindlichen Regierungsspitzen, ja bis an die Tafel des Präsidenten vorzudringen.

Da erschien Papst Gregor im weißen Gewand. Festen, schnellen Schrittes ging er auf die Reihe der Purpurträger zu, seinen prächtigen Platz aufzusuchen. Alle, auch die Musikanten, erhoben sich. Neben einem kleinen, gedrungenen Kardinal blieb der Heilige Vater stehen, wechselte zwei, drei Worte. Dann nahm er seinen Platz ein, legte die Hände über den Knien zusammen und neigte leicht den Kopf, so daß er die Anwesenden nicht mehr mit seinem Blick erfassen konnte.

Die Situation war entspannt. Kardinäle, Prälaten und Musiker setzten sich wieder. Aus den Gesichtern der Gäste schwand der fast teilnahmslose, maskierte Ausdruck und wich einem heiteren Lächeln um Mund und Augen. Auch hob das bisher zurückgehaltene Stimmen der Instrumente an und erfüllte den Raum so lange, bis Ungeduld und kindliche Neugier in die Gesichter der Kardinäle, Bischöfe und Prälaten traten.

Das verwirrte, zielsuchende Tönen der Instrumente verstummte wieder, die feierliche Stille vor dem Erschallen der Trompeten trat ein. Luise Hammerschmied ließ den Blick vom Kopf ihres Vaters zurückwandern auf das Notenheft vor ihren Augen und richtete ihn auf das rechte Blatt, dorthin, wo ihr Spiel einsetzen mußte.
Der Dirigent hob beide Hände, ließ die eine wieder fallen – und die Trompeten, hell und frisch, mit jäher Plötzlichkeit, die Geigen, Pauken und Celli, vertrauter dem festlichen Raum, die Stimmen aller Sänger schrien jubilierend auf und setzten an zum Gesang über die Allmacht des Herrn ...
Der Chor sang: »Magnificat anima mea Dominum!«
Bis jetzt hatten die Katholiken nicht gewußt, was die Lutheraner bringen würden. Es war ein Geschenk an den Papst: Bachs Magnificat.
Gregor nickte. Um seinen Mund lachte es vergnügt. Mit sichtlicher Freude schloß er die Augen, so daß über die schmalen Wangen ein kurzes Zukken lief. Dann öffnete er die Augen wieder und sah auf die Musikanten, in denen all dies Jubelrufen entstand. Und von nun an fand sein Kopf keine Ruhe mehr. Von einer Gruppe zur anderen gingen Ohren und Augen, das Haupt taktierte mit, wenn es einen Sängerkopf in rhythmischer Bewegung sah; senkte sich, wenn die Musik still und zärtlich wurde und daran gemahnte, daß vom Herrn die

Rede war, dem sich die Seele ergab... Der Herr, den jeder Ton enthielt, der Trompetentriller und der Glockenklang des Cembalos. Und die Schar der Propheten war darin enthalten, die Saul unterm Hügel Gottes begegnete, von der Höhe herabkommend; vor ihm her Psalter, Pauke, Flöte und Harfe. Und sie weissagten. Da geriet der Geist des Herrn über Saul, und er wurde ein anderer...

Als die festliche Stunde zu Ende war, versammelten sich die Musiker um den Papst. Im Halbkreis umringten sie ihn. Er sprach zu ihnen unter den Gewölben hallender Gänge. Seine Rede war begeistert. Fest klang seine Stimme unter dem flachen Gewölbe, und die Musiker fanden in seinen Worten das Geschehnis der Kunst in einer so einfach verständlichen und ergreifenden Weise ausgedrückt, daß sie meinen konnten, nach dieser Formulierung schon lange gesucht, sie aber nie gefunden zu haben, etwa dies, daß Bachs Musik so besonders sei, weil sie der Musik entgegenkomme, die in uns selber ist.

Ob sie ihn auch alle verstanden?

Etwa jene im Purpur und Violett?

Nicht alle brauchen die Lehre zu verstehen, sagte sich Hammerschmied, der im Hintergrund stand. Auch die Jünger des Herrn, die seine Worte aufgeschrieben haben, hatten ihn nicht immer verstanden. Etwa das Gleichnis vom Senfkorn, dem das

Himmelreich zu vergleichen ist, weil es auf zur Staude des Pfefferbaumes wächst – wie hätten sie es begreifen können? Dies Wort schloß Erkenntnisse in sich ein, an denen spätere Jahrhunderte, ja zwei Jahrtausende ihre Erfahrungen suchten. Aber was verstanden die damals von Physik? Und was verstanden diese da von Musik?
So war denn auch der Ausdruck des Papstes gewagt, der zwar den Klerikern schmeichelte, weil sie keinen Sinn für die unterschiedlichen Feinheiten des Geistes hatten, als er schließlich Bach den fünften Evangelisten nannte. Was nämlich hieß – so jedenfalls verstand es der Hamburger Bichof –, daß nach dem Evangelium des Johannes noch eine allerletzte Deutung der Mysterien möglich war: eine, die noch über die »pneumatische« hinausging, die eigentlich Göttliche ...
Dann sprach Gregor zu einzelnen Leuten. Den Frauen schien es unmöglich, den Kniefall zu tun, des Mannes Ring zu küssen, wie es üblich war. Ein wenig spröde standen sie herum, selbst Luise. Der Vater sah es mit Befriedigung: er stand halb verdeckt von den Männern und Frauen des Chores, hielt sich zurück, so gern er mit Gregor gesprochen und sich zu erkennen gegeben hätte.
Da trat plötzlich einer der Kardinäle vor: Platoni. Er hob leicht die Hand und zog die Aufmerksamkeit aller, auch Gregors, auf sich. Er schloß die Lippen, öffnete sie wieder und sprach in gut

akzentuiertem Deutsch: »Liebe Gäste aus Deutschland ... Da Sie nun die Reihe von Konzerten, die Sie in vielen Ländern geben wollen, an diesem heiligen Ort begonnen haben, möchte ich nicht versäumen, Sie und das Orchester, dessen Instrumente, wie Sie mir am ehesten zugestehen werden, nicht nur tote Gegenstände, sondern schon Teile Ihrer Kunst sind, dem Segen des Heiligen Vaters zu empfehlen.«
Jäh, wie er zu sprechen begonnen hatte, schwieg er wieder und trat zurück.
Geschlossen und erschrocken blickten die Gäste auf Gregor. Einige verrieten beinahe ihren verheimlichten Bischof, als sie im ersten Erschrecken hilflose Blicke auf ihn warfen. Als sich dann aber alle Augen auf Gregor gesammelt hatten, da sagte der Papst, indem er sie mit einem freundlichen, um Verständnis bittenden Lächeln ansah: »Sei es also ...«
Und er erteilte ihnen den Segen, der ja schließlich nicht der seine war, sondern der jener Macht, die er unter der Dreifaltigkeitsformel anrief. Und nichts anderes hatten ja eben noch die Musiker getan, als sie den Johann Sebastianischen Schlußjubel aussangen mit dem mächtigen: Sicut erat in principio et nunc et semper ...

5

Sorge lief plötzlich durch die Reihen seiner Gegner und Freunde, als Gregor sich im nächsten Winter krank niederlegte. Ging es zu Ende? Der Papst stand im fünfundsiebzigsten Jahr. Nie war er krank gewesen; niemand entsann sich, er selbst nicht.

Ein Morgen, noch abgedämmert, schimmerte im päpstlichen Gemach. Draußen reichte die Sonne noch nicht über die vatikanischen Dächer hinab in die Gärten. Langsam fing die Kuppel von Sankt Peter zarten Glanz. Die Grenze des Schattens senkte sich auf die Schale des Platzes unter den theatralen Stufen des Doms, die kupferfarbenen Säulen der Kolonnaden hinab streifte der Glanz. Lange Schatten liefen über die Steinplatten, und der große Platz mit den silbernen Fontänen, die im Morgenwind wie Federbüsche die Fahnen nach Westen hielten, und dem schwarzen, vor langen Zeiten besiegten Obelisk war zur Hälfte ins warme Feuer der Sonne getaucht. Jenseits und diesseits des Tibers begannen die Haine der Hügel zu zittern, Tau fiel zu Boden, Nebel zerrann und schmolz im tiefen Bett des Flusses zusammen. Bis dann nach dieser köstlichen Weile des Werdens die maßvolle Welt der Ewigen Stadt in vollkommener Klarheit ruhte.

Ein Wintermorgen in Rom, der diesen Namen gar nicht verdiente; denn er umfing in den Gärten noch immer die Früchte des Herbstes.

Von all diesen Dingen wußte Gregor, als er nach dunklem Schlaf an diesem Morgen im Dämmerlicht seines Zimmers erwachte. Ob man Organist war in Burgund, ob Abt oder Papst: immer vollzog sich das Erwachen nach dem gleichen Gesetz, die Schutzengel blieben dieselben. Befangen in der abgegrenzten Welt des Schlafes, die unbekannte Bilder in Träumen erzeugt hatte, noch voll vom Vergessen all dessen, was sich jenseits des Schlafes begab, wurde man jeweils erneut zum erwachenden Menschen und zehrte von diesem Vergessen: alterslos griff man nach den allerersten Gedanken, bis das plötzliche Entsinnen auf den Ort und die Zeit den ersten Hieb versetzte. Dann wünschte man sich zurück in den Schlaf, oder man begehrte auf, die Schatten der Wirklichkeit zu vertreiben, mit Handlung und Tat.

Gregor pflegte wie einst im Kloster eine Stunde vor dem eigentlichen Wecken zu erwachen. Die Schwestern fanden ihn schon munter, wenn sie kamen. Die halbe Stunde, die er dadurch gewann, gehörte ganz ihm. Unter den Fenstern wartete Rom. Denn nicht das Meer und nicht der Wald mit dem Wildbach im Burgundertal – die Stadt rauschte zu Füßen der Paläste; die Fontänen, die Wagen, die quer über den Platz vor Sankt Peter, vom Tiber herkommend, zwischen den Säulen der Kolonnaden ins gassendurchwirkte Trastevere fuhren.

Im hellen, vom Morgen verschwendeten Licht griff Gregor gewöhnlich nach der ersten Lektüre. In der letzten Zeit lagen Sankt Thomas' Schriften bereit; von dem großen, starken Heiligen handelte die Schrift, an der Gregor in diesen frühen Stunden schrieb. Nicht anders hatte er's auch heute im Sinn.

Es gab böse Zungen, die behaupteten, sein Glaube sei schwach. Sieben Jahre war er nun Papst, und noch konnte man unter seiner Regierungszeit kein bedeutsames Ereignis verzeichnen, das ihm und der Kirche zum Ruhme gereichte. Er hatte kein neues Dogma verkündet, hatte nicht ein einziges Mal heiliggesprochen, und alle Prozesse liefen sich müde.

Man kannte sogar seinen Einwand: »Gebt mir einen Heiligen, so will ich ihn bestätigen.«

Ob er darauf wartete, daß man ihm einen neuen heiligen Thomas brachte?

So sagte er einmal: »Ein heiliger Schauer überfällt Uns, wenn Wir Uns der Geschichte des Abendlan-

des erinnern, wie sie im Mittelalter in Glaubensgestalten wie dem heiligen Thomas gipfelte.«
Da fragten sich eines Tages die Theologen, ob die Geschichte wohl noch ein paar Gestalten im Verborgenen festhielte, die den großen Heiligen gleichkämen? Sie forschten, fanden und schlugen dem Papst die fremden Namen vor. Das Mittelalter war noch nicht ausgelaugt. Man brachte, nur um der Kirche unter Gregor zu ihrem Fest zu verhelfen, Kunde von vielen Thomassen und Bernharden vor den Papst. Er aber spürte die Absicht und winkte ab. Hatte er Besseres im Sinn?
Heute nacht war sein Schlaf bang und schwarz gewesen. Er sehnte sich nach der Arbeit und der Wachheit der Sinne, zu der sie immer verhalf. Aber wie nach schwerem Rausch hob er den Kopf und sah nach dem Licht. Ein leichter Schwindel kreiste im Kopf. Er tastete nach der Brille und setzte sie auf. Milchig quoll das Licht durch das verhangene Fenster. In die Träume der vergangenen Nacht hatte die Wirklichkeit einen Einbruch verübt. Böse Bilder, wild vertauscht und sinnlos vermischt, hatten seine Augen gesehen. Sie alle hatten mit Gregors Wirklichkeit korrespondiert, mit Gregors Tag, mit den Worten, die er gewöhnlich von seinen Ratgebern hörte.
Zwar glaubte er nicht an die Möglichkeit der Deutung von Träumen, doch nahm er es als Warnung hin, daß es ausgerechnet Hopkins war, der ihm in

einem dieser Träume vorgeworfen hatte, daß er bis heute den Gläubigen noch keinen neuen Heiligen gegeben habe.
Gregor richtete sich auf. Wie gern er ihnen einen neuen Heiligen geben würde ... Mochten sie ihn für schwach im Glauben halten. Er fühlte sich ja so stark! Nur den Menschen gegenüber fühlte er sich schwach. Ihnen war so leicht nicht beizukommen. Nein. Aber Gott gegenüber hatte er sich immer stark gefühlt. Zwar war sein Glaube schlicht, so wie er ihm als Mönch in seiner Zelle abgefordert worden war: sein Verhältnis zum Himmel war stark und klar. Er betete zu Gott, wie es einst von den Athenern geheißen hatte, daß sie zur Gottheit beteten: »O Gott, gib Regen.«
Er faltete die Hände, schlang die Finger ineinander, preßte sie zusammen und rief sich mit dem Anruf des Herrennamen völlig wach: »Gott, eile zu helfen.«
Und: »O Gott, mach Deiner Kirche einen neuen Heiligen sichtbar, damit ich ihn ihr nennen kann.«
Dann wollte er den Tag begrüßen, erhob sich, schlüpfte in die ledernen Schuhe, die innen Tierfell trugen, zog den Morgenmantel an und hastete zum Fenster. An den langen, troddelbeschwerten Schnüren riß er den Vorhang beiseite. Das gab einen langgezogenen Laut, der plötzlich, als das Licht einbrach, den ganzen Lärm des Platzes von Sankt Peter nach sich zog.

Gregor legte die Hand um den Fenstergriff, zerrte unruhig daran, um den rechten Flügel zu öffnen, der größer war als ein Mann. Da fühlte er plötzlich eine Schwäche in seiner Hand, legte über den Rücken der Rechten auch noch die Linke und zog nun mit beiden. Sie wurden noch schwächer, er rieb sie ineinander und schlug schließlich mit den Knöcheln der einen auf die andere. Der Kopf war wieder klar nach dem anfänglichen Schwindelanfall, doch die Knie schwankten, die Füße versagten. Die Kraft zum ersten Schritt blieb aus. Gregor griff hinüber an den Rand des Bettes, stützte sich mit beiden Armen auf und ließ den Körper langsam nachfallen.
Ich bin krank, dachte er. Vielleicht kommen mir die Kräfte zurück, wenn ich mir noch eine halbe Stunde Schlaf gönne. Ich muß die Messe etwas später lesen. O Gott, gib mir noch ein wenig Schlaf.
Aber die Kräfte kamen ihm nicht zurück. Als die Nonnen das Zimmer betraten, fanden sie den Papst zwischen Wachen und Schlafen. Die Stirn war bleich, die Lider waren halb geschlossen, die Wangen hatten noch mehr Falten als sonst, die Lippen waren trocken und brüchig und verlangten nach Naß.
Papst Gregor war krank.
Im Vatikan wurde es sehr still. Die Würdenträger blieben stehen, wo sie sich trafen, und erkundigten sich nach Papst Gregors Befinden. Plötzlich stand

Besorgnis in allen Gesichtern. Weihnachten war nahe. Man machte sich gefaßt, das Fest ohne den Heiligen Vater zu feiern. Gregor würde lange liegen müssen. Weiß und schlaff ruhten seine Hände auf dem Linnen, ruhig nebeneinander. Sie zu falten, fehlte die Kraft. Die Ärzte, die Schwestern und zwei Männer hatten Zutritt zum Krankenzimmer. Kardinal-Staatssekretär Hopkins erstattete dem Papst täglich Bericht. Ein Teil der Geschäfte war Kardinal Platoni übertragen. Auch er kam sehr häufig, stand abwartend und sah mit besorgtem Gesicht auf die kaum wahrnehmbare, vom Linnen verdeckte Gestalt; schüttelte, während Gregor in Schlaf versunken war, den Kopf, ging und kam wieder, wenn jener wach war. Dann sprach er liebevolle Worte zu ihm, die so ungewohnt zart bei ihm klangen. Das Leiden des Pontifex ging ihm zu Herzen.

»Schwer liegt die Sorge der neuen Wahl auf uns«, gestand er einmal den Fragenden und Vorbeikommenden. »Es ist acht Jahre her, daß wir Gregor erwählt und ihn aus seinem Kloster geholt haben. Streng haben sich oft unsere Gedanken gegen seine Eigenwilligkeiten gerichtet. Doch war es eine fast wundersame Lösung, als damals unsere Wahl auf den französischen Abt fiel. Wir können nicht behaupten, daß seine Regierung der Kirche und der Welt nicht zum Segen gereicht hätte. Uns waren friedliche Jahre beschieden. Gott gebe, daß er wieder gesund werde. Denn die Fragen der Wahl, die uns vor acht Jahren so hart bedrängt haben, sind heute nicht weniger schwierig.«

Platoni hatte allen Grund zur Besorgnis. Gregor hatte sich Freunde geschaffen unter den jungen Kardinälen, die er selbst in den letzten Jahren ernannt hatte. Niemand hatte bis heute gemessen, wie sich die Kräfte verteilten. Und leicht wäre es möglich, daß nach dem Ableben des Papstes Hopkins zum Nachfolger gewählt würde. Platoni selbst hegte keinen Gedanken, der sich mit der Möglichkeit einer eigenen Wahl beschäftigt hätte. Nein, er glaubte sich längst nicht mehr berufen und befähigt, das Schiff der Kirche zu steuern. Zudem war er schon sehr alt; Hopkins dagegen erschien ihm als zu jung. Er selbst hatte immer nur das Seine tun wollen, das Eine, das ihm möglich war; er hatte die strenge Linie einhalten wollen, die sich für die Kirche an ihrer eigenen Geschichte ablesen ließ.

Platoni traf Hopkins eines Morgens in der Nähe der päpstlichen Räume. Sie erkannten: der Kummer in ihren Gesichtern war gleich groß. Hopkins sprach Platoni an und bat ihn um Rat. Platoni fand den Augenblick geeignet, Hopkins für seine Gedanken zu gewinnen. Er hatte Erfolg. Zunächst wollten sie in einem gemeinsamen Gottesdienst die Dreifaltigkeit um Genesung des Heiligen Vaters bitten. Platoni zelebrierte, Hopkins assistierte. Hopkins gab dem Italiener recht, daß man

von nun an alles versuchen müsse, Gregor, sobald er wieder auf dem Wege der Besserung wäre, zu jener Tat zu bewegen, mit der er der gläubigen Menschheit Freude machen würde. Sie warteten.
Gregor selbst glaubte daran, daß sich im Januar seine Kräfte wieder sammeln würden. Weihnachten war vorüber, das Neujahrsfest wurde gefeiert, Kälte brach ein, in Rom fiel Schnee, taute; kühle Tage blieben, milde folgten. Langsam wurde der Papst seiner bleichen Hände wieder Herr, die Handrücken bekamen ihren leicht bräunlichen Schimmer zurück, die Flecken auf der Haut verschwanden. Und eines Tages verlangte er nach der ersten Lektüre und setzte seine Beschäftigung mit dem Heiligen Thomas fort.
Da hielten die Kardinäle Platoni und Hopkins die Zeit für gekommen, dem Heiligen Vater gemeinsam ihr Anliegen vorzutragen. Sie gingen zu ihm. Der Ältere überließ dem Jüngeren das Wort, und Hopkins sagte: »Wir wissen, daß Eure Gesundheit in kurzer Zeit wieder die alte sein wird, ja, mit dem Vorgang der Genesung wird sie zu neuem Leben gelangt sein. Doch wagen wir in dieser Stunde, an der Scheide zwischen Tod und Leben, Eurer Heiligkeit vorzustellen, daß der Herr die Dienste seines irdischen Stellvertreters jeden Tag völlig für den Himmel beanspruchen kann, so daß wir Euch nicht mehr haben werden. Möge unser Heiliger Vater doch all seine Kräfte uns zukommen lassen,

möge er ein Fest stiften, die Heiligsprechungsprozesse beschleunigen und beendigen helfen, damit sich diesem Ereignis das Andenken Eurer Heiligkeit verbinden und gleichzeitig der gläubigen Menschheit einprägen kann. Es steht in unserer gesamten Kirche außer Zweifel, daß uns in unserem Heiligen Vater ein Mann gegeben ist, der die Kräfte der Engel verwaltet. Seht: aller Augen warten auf Euch!«

Gregor blickte lächelnd auf und nickte.

»Habt Mut, Kinder, der Herr soll mir meine Kräfte nicht umsonst zurückgegeben haben. Dann will ich sofort zu tun versuchen, was man von mir erwartet – daß und wie es in meinen Kräften stehe.«

Die Augen der beiden Kardinäle füllten sich mit den Tränen dankbarer Freude. Sie verneigten sich vor dem wundersamen Kranken und verließen den Raum. Draußen drückten sie einander stumm die Hand und gingen erleichtert nebeneinander in derselben Richtung davon.

Genau auf den Tag des Frühlingbeginnes war Gregors Gesundheit völlig wiederhergestellt. Die Hügel Roms, die Gärten der Landschaft vor den Mauern lagen duftend unter der ersten Blütenfülle des Märzes, als der Papst sich vom Lager erhob, gestützt von den Schwestern Clara und Raphaela, die, solange er gelegen hatte, mit ihren um die Hände geschlungenen Rosenkränzen vor

seiner Tür oder gar am Fußende seines Lagers ausgeharrt hatten; Tag für Tag und Nacht für Nacht.
Nun halfen sie Gregor in sein festlichstes Gewand. Weiß gekleidet stand er da, noch ein wenig unsicher auf den Füßen, doch aufrecht, mit bleichen Wangen und vollkommen weißem Haar, das die Farbe des Tauschnees verloren hatte und nun silbern wie die Mondwolken über der Meeresnacht geworden war. Kaum unterschied es sich von dem Käppchen, das er wieder auf dem Scheitel trug. Als dann die beiden Nonnen erkannten, wonach des Heiligen Vaters Begehren stand, verließen sie mit einfältig vergnügtem, um die Lippen geschlitztem Lächeln den Raum. Draußen hockten sie sich auf die beiden Schemel neben der Tür und strichen ihre langen Gewänder mit den kleinen roten Beterinnenhänden glatt.
»Wird er nun wirklich spielen?« fragten sie sich.
Lange war es her, daß Gregor vor seinem Zusammenbruch am Fensterriegel gerissen hatte. Nun hielt er in gekräftigten Händen den Kasten, worin im Samt die Violine ruhte. Bevor er ans Fenster trat, um auf das lebendige, vom Frühlingstag überstrahlte Rom zu blicken, dessen vertrautes Bild er seit einem Vierteljahr nicht mehr gesehen hatte, wollte er die Verkünderin seiner geheimen Welt, darin er auch ein Pontifex war, wollte er das Instrument in der Hand halten, um darauf zu musizie-

ren. Er befreite die Violine, diese vollkommene Form, aus dem plumpen Gehäuse, das der Geige mattes Negativ bildete. Er hörte sie in seinen Händen klingen, noch bevor er an die Saiten gerührt hatte. Dann nahm er den Bogen, machte ihn mit dem kristallenen Stift geschmeidig, stimmte wie einst als musizierfreudiger Knabe die Saiten und setzte an, fest und präzis. Steigend erhob sich die Stufenfolge der Chaconne in d-Moll. Schritt für Schritt wiederholte die wunderbare Ordnung der Musik das Wunder der Genesung. Steil stieg die strenge und zugleich leichte Linienführung des Werkes empor, löste sich mit Zuversicht von der Erde und kletterte über den einsamen Menschen hinaus, der in der Hand das Instrument hielt und immer kleiner zu werden schien unter der Größe dieser Musik. Das war eine stofflose Himmelsleiter. Stufe um Stufe stiegen die Schritte der Chaconne voran. Täglich führte auch die Kunst zu neuer Himmelfahrt.

Ach, die Gedanken des Greises waren wunderlich.

Die Musik war verklungen. Aus Gregors Hand glitt das Instrument, nun wieder ein leeres, von seinen wundersamen Einwohnern verlassenes Gehäuse und der Musik, die daraus hervorgegangen war, ein nebensächlich' Ding. Er stand mit leeren Händen. Leicht neigte er das Haupt, nachlauschend in die eingetretene Stille, dort, wo der

Platz der Himmelfahrt plötzlich des Gottes entblößt war, und sagte einiges zu sich, das ungefähr dies war:
Er habe sich verstiegen, als er versuchte, das Wunder in schwindelnde Höhen zu begleiten. Denn trotz allem dürfe es nur bei der Demut bleiben. Kein Heiliger – so gestand er sich ein – könne je wie Christus, kein Künstler wie Bach sein. Bescheiden müsse man bleiben. Aber ach, nur einmal, einmal nur aus all dieser Demut aufjubeln und der ganzen Menschheit den kühnen Gedanken der schöpferischen Weltordnung verkünden. Einmal alle, alle, die es hören sollten, alle Menschen in die Knie zwingen vor der Kunst. Vor der heiligen, ehrfurchtgebietenden Kunst als der lautersten Künderin göttlicher Ordnung und himmlischen Lebens.
Papst Gregor träumte, er träumte wieder die kühnen Träume des Knaben, den eines Tages die Kunst versengt hatte mit ihrem Feuer wie andere das erste Erlebnis der Liebe, doch mit viel größerer Gewalt und nicht mit der Bangnis um Leid und Enttäuschung. Aber er war kein Knabe. Er war ein Greis. Und er war nicht nur ein Greis. Er war der Papst. Gewählt von neunundfünfzig Kardinälen unter fast wunderbaren Umständen. Und der Gedanke eines Papstes, so sagte sich Gregor, er war weniger ein Traum als eine Realität. Ja – er konnte ihn aussprechen, diesen Traum, diesen

Gedanken von Saint Jean-Sébastien. Und so leicht, so einfach: dann würde er Wirklichkeit sein. Draußen war der Tag. Gregor trat ans Fenster und sah hinab in die Gärten. Ob er es wagen konnte, hinauszugehen? Für die Verwirklichung seines Traumes und Gedankens galt es, sich zu schonen ... Der Himmel strahlte blau, doch kalt stand die Luft noch im Schatten. Es war Frühling; auf den nahen Bergen glänzte noch immer der Schnee und bedeckte ihre Häupter wie zerfranste Käppchen; aber grün waren die Gärten. Gregor rief, die Schwestern erschienen und hüllten ihn in den weißen Mantel. Auf den Sonnenwegen wollte er gehen.

Heute war Frühlingsbeginn. Gregor entsann sich: der Tag der Geburt von Johann Sebastian Bach.

6

Nach Ostern empfing Bischof Hammerschmied den zweiten Brief des Papstes. Im Gegensatz zum ersten hatte dieser offiziellen Charakter. Aber auch er war in der Handschrift des Papstes gechrieben. Der Bischof zögerte mit der Antwort. Seine Familie, die sich seiner damaligen Erregung entsann, vermißte diesmal die Freude und wartete vergeblich, daß er den Brief beantworten würde. Statt dessen schrieb er an den Landesbischof von Niedersachsen, und nachdem die beiden ein Gespräch am Telephon geführt hatten, fuhr Hammerschmied gar nach Hannover, um mit dem Freund zu Rate zu gehen: Bischof von Linnich schlug vor, die Amtsbrüder zusammenzurufen.

Der Einladung des Hamburgers auf das Klostergut Wiebrechtshausen folgten der Bischof von Hannover, der Bischof von Oldenburg, der Bischof von Sachsen, von Weimar, die Bischöfe von Stuttgart, München und Berlin, der Bischof von Kopenhagen, einer kam aus Schweden, einige andere von den britischen Inseln.

Hammerschmied war sehr ernst. Er stand hinter dem Fenster, das auf die Terrasse von Wiebrechtshausen führte, und sah die Wagen auf den Klosterhof fahren.

Vor ihm auf dem Tisch lag der Brief aus Rom. Gleich während der ersten Begegnung, die im alten Refektorium stattfinden sollte, würde er ihn vorlesen. Im Hof ging jetzt die Ankunft derer vor sich, die nicht schon am Abend zuvor eingetroffen waren. Viele kamen im eigenen Wagen, andere mit dem Autobus, der vor dem Tor hielt, an der Straße von Northeim nach Seesen.

Wiebrechtshausen ist ein ehemaliges Klostergut, am Fuße des Harzes gelegen. Wo das Vorland in die ersten Täler und Berge übergeht, liegt es in der Kniekehle zwischen Hügeln und Gebirge, zwischen Feldern und Wald. Sein Charakter ist mittelalterlich, die alte Anlage ist noch vollständig erhalten. Das Tor liegt unter den Kronen der alten Kastanienbäume, der Hof zeigt die Spuren des Viehs, das jenseits in den Stallungen steht; Hunde und Hühner laufen herum. Der Boden ist an den Seiten, längs der Baulichkeiten, gepflastert. Vom Wetter gebleichte Holzbänke, geriffelt und faltig, stehen für die Milchkannen fest in die Erde gestemmt. Aber rechter Hand hinterm Toreingang steht man vor dem gebogenen, meist verschlossenen Portal einer romanischen Kirche. Sie ist klein, besteht aus einem Schiff; die Sakristei, in die man von hinten über die Graspfade des Obstgartens gelangt, zeigt gotische Nachträge und Verbesserungen. Ein Turm fehlt, nicht einmal einen Reiter mit Glocke trägt das Dach. Die Giebel der Wohnhäuser sind alt und gestuft; die Dächer der anderen Gebäude, der Scheunen und Stallungen, sind mit Stroh gedeckt und reichen fast bis auf den Boden. Außer dem Herrenhaus und der Kirche ist alles im Fachwerk gebaut.

An diesem in der großen Welt völlig unbekannten Ort trafen sich die lutherischen Bischöfe wie zu einem Familienfest. Im ehemaligen Refektorium saßen sie schließlich einander gegenüber, als Hammerschmied, den Brief des Papstes in der Hand, eintrat. Man sah ihm erwartungsvoll entgegen. Von ihm war die Auskunft zu erwarten; denn Bischof von Linnich, der die Einladung mit unterzeichnet hatte, saß längst schweigend an seinem Platz. Er wich jeder Frage aus, doch nahm er im Gegensatz zu Hammerschmied die Sache leicht und heiter; er freute sich, die Spannung bis zum Ende nähren zu können, und sagte nichts. Hammerschmied dagegen stand ganz unter dem Eindruck dieser ernsten Stunde. Schließlich hatte er die Situation geschaffen, schon nannte man ihn Gregors Freund.

Er begrüßte die Versammelten noch einmal, legte den Brief vor sich auf den langen Leutetisch, an dem einst die Mönche gesessen hatten, schob ihn

mit beiden Händen hin und her, bis er rechtwinklig zur Tischkante lag, und sagte:
»Meine lieben Amtsbrüder! Dem Rat, den Bruder Linnich mir nach dem Empfang eines zweiten Briefes von Papst Gregor gab, bin ich gefolgt und habe Sie gebeten, meine Gäste zu sein. Und damit Sie wie ich völlig frei seien, damit auch nicht der Schein eines Zwanges durch das Amt entstehe, habe ich Sie auf diesen Hof geladen, der zwar früher ein Kloster war, aber nun schon fast ein halbes Jahrtausend im Besitz meiner Familie ist.«
Darauf blickte der Bischof zu Boden und fuhr langsamer fort: »Ich möchte Ihnen hier den Brief Gregors vorlesen, und ich bitte Sie, mir zu glauben, daß es sein zweiter ist. Ich darf damit die Gerüchte zerstreuen, die da behaupten, ich stünde im regelrechten Briefwechsel mit dem Papst.«
Der Bischof von Hannover, der den Inhalt schon kannte, sah mit hochgezogenen Brauen auf, gewahrte und beobachtete die aufmerksamen, gespannten Gesichter der anderen.
Dann verlas der Hamburger Bischof Gregors Brief.
»Lieber, sehr verehrter Bruder«, schrieb der Papst, »Wir senden Unseren Brief wiederum Ihnen zu, sprechen zu Ihnen, obwohl Wir diesmal gern eine möglichst große Zahl aus Ihren Reihen anreden und erreichen würden. Von der Krankheit durch Gottes liebevollen Willen genesen, sind Wir wieder überbürdet mit Arbeit und Gedanken. Wir

tragen diese Lasten gern, auch finden Wir immer noch genügend Raum für das freie Spiel der müßigen Träume und Wünsche, fühlen Uns stark in der wiedergeschenkten Gesundheit und würden gern die Freiheit benutzen, allen Freude zu geben und selber Freude zu empfangen. Seit langem schon verfolgen Wir einen besonderen Gedanken und würden ihm gerne Wirklichkeit verschaffen. Möge der Augenblick, in dem Wir Ihnen abermals schreiben, ein guter Anfang sein. Noch immer schulden Wir Ihnen Dank für den Besuch der Musikanten, die Uns hier in Rom vor Jahr und Tag mit himmlischer Gabe bedachten. Wir haben überlegt, in welcher Art er ausfallen könnte. Und so wollte schließlich kein anderer Plan Unser Gefallen finden als dieser, der sich in enger Beziehung zu Unserem Fühlen und Denken hält, daß die Kunst, wo sie rein ist von Zerstörung, von der Roheit und den allzumenschlichen Einflüssen, in naher Beziehung zum Glauben steht, die Zeichen des Glaubens trägt, neue Zeichen setzt, ja, selber vermag, den Glauben zu wecken.

Wir laden Sie ein und bitten Sie, einige Tage in Unserer Nähe zu verbringen. Doch möchten Wir Sie, lieber Bruder, nicht nur allein begrüßen; es würde Uns vielmehr zur Freude gereichen, wenn es uns und Ihnen gelingen sollte, Ihre Freunde und Amtsbrüder, die Vertreter Ihrer Kirchen, nach Rom zu bringen, sofern sie Neigung und Willen haben zu einem gemeinsamen Gespräch, zu einem gemeinsamen Fest, das Johann Sebastian Bach geweiht sein soll. Wir schlagen vor, die Tage nicht in Rom selbst, sondern in Unserer Sommerresidenz Castel Gandolfo zu verbringen. In Bachs Geist, so würde ich sagen, wäre eine Begegnung zwischen Uns und Ihnen möglich, ohne die Gemüter allzusehr zu erregen ...«

Hier schloß der Text des Briefes. Der Bischof, plötzlich wieder bewegt, blickte vom Blatt auf und sah in die unbewegten Gesichter der Freunde. Die meisten Häupter waren gesenkt.

Schließlich sah man auf, blickte um sich und schüttelte den Kopf; dann ging ein Räuspern durch die Reihe – einige lächelten erheitert oder sogar ironisch.

Der erste, der Stellung nahm, war der Bischof von Hannover. »Ich darf annehmen«, sagte er, »daß von uns niemand hingehen wird, selbst Bruder Hammerschmied nicht. Er hätte uns sonst nicht so sachlich von allem unterrichtet.«

»Aber er hat uns ja gar nicht freiwillig unterrichtet!« rief der Oldenburger angriffslustig. »Er hat uns ja einfach verständigen müssen. Er hat doch gar nicht anders können! Der Brief ist schließlich nur an ihn adressiert, aber an uns alle gerichtet!«

Hammerschmied hob die Hand. »Ich habe Sie hierhergebeten, damit wir untereinander beraten, ob wir die Einladung in der Form, wie sie gemeint

ist, annehmen sollen oder nicht. Eine andere Möglichkeit wäre, ich allein ginge und nähme meine Kantatensänger wieder mit.«
Der Bischof von Dresden sagte darauf, er glaube nicht, daß man dem Papst auf eine deutliche Einladung so kommen könne. Sie seien vor die klare Entscheidung gestellt, entweder eine Zusage oder eine Absage zu geben. Zwischenlösungen gebe es nicht.
»Also sagen wir zu!« rief der Oldenburger.
»Unmöglich.«
Die Stimmen wurden laut und erregt. Es sei unmöglich, hieß es rundweg. Man müsse absagen. Da rief, alle anderen Stimmen übertönend, der Bischof von Oldenburg: »Warum können wir nicht? Weil es der Papst ist? Nun, sage ich, und wenn es der Kalif von Tetuan wäre! Meine lieben Brüder, bitte, wir dürfen, wir können nicht ablehnen. Können es nicht nur deshalb nicht, weil es gegen jedes Gesetz, gegen jeden Takt, gegen jede Höflichkeit verstieße. Wir haben uns hier ganz einfach – sollten wir es auch schon längst verlernt haben – an das Wort unseres Herrn Jesus Christus zu halten: ›Tuet auf dem, der da anklopft!‹ Und an nichts anderes als an unsere Tür, an unsere Herzen, an die Tür unserer Herzkammer hat Gregor geklopft. Und wir müssen öffnen!«
»Nun, ich bitte doch zu bedenken«, sagte ruhig der Schwede, »ob denn der Papst auch kommen

würde, wenn wir ihn, sagen wir, zum Weltkirchentag in Stockholm geladen hätten ...«
Wieder sprang der Oldenburger auf; aber der Bischof von Hamburg ergriff statt seiner das Wort. »Es ist ein Unterschied«, sagte er, »ob wir den Papst einladen oder er uns. Und schließlich haben wir ihn ja auch nicht geladen. Wir hätten nie einen Grund gehabt, ihn einzuladen, ja, überhaupt auch nur daran zu denken. Er aber hat es gewagt. Denn bestimmt ist er dabei ein Wagnis eingegangen. Wir wissen, daß der Papst sich schon allein mit seiner Einladung Gefahren und Schwierigkeiten aussetzt, wie er in seinem Brief selbst andeutet, da nämlich, wo er in die Ichform verfällt und schreibt, es gelte die Gemüter nicht allzusehr zu erregen. Ich habe Ihnen den Brief vorgelesen und wußte, daß wir uns nicht in der nächsten Viertelstunde würden einigen können. So bitte ich jetzt um Geduld, bis ein jeder von uns sich in Muße bedacht hat. Schauen Sie sich das Haus und den Hof an und warten Sie mit einer Entscheidung, bis wir uns am Abend gemeinschaftlich in der kleinen Kapelle getroffen haben. Sie ist übrigens ein Kleinod, dessen Orgel zu den ältesten des Landes gehört.«
Sie gingen auseinander. Unter den frisch belaubten Bäumen des Gartens, von denen einige in dichter Blüte standen, an den Tischen auf der Terrasse, auf den Feld- und Waldwegen außerhalb des Gutsbezirkes bildeten sich Gruppen um

ein paar Männer, die etwas zu sagen hatten. Der Hamburger sammelte einen Kreis um sich, ebenso der Oldenburger und der Hannoveraner. Einige aber mochten sich nicht – oder noch nicht – entschließen, die Gründe der andern zu hören. Der Tag war schön und hell. Sie gingen durch den Wald und wollten den Ausgang der Diskussion abwarten, gleich wie …

Die Gespräche währten über den Vormittag, verstummten bei Tisch, wurden am Nachmittag fortgesetzt. Am Abend trafen die Männer in der kleinen Kirche zusammen; durch das offenstehende Portal leuchtete fast horizontal die Sonne. Bischof Hammerschmied präludierte an der silbern aufklingenden Orgel mit einem Bachstück – für die Männer dann der Punkt zur Anknüpfung der Diskussion, als sie wieder am Tisch in der Halle saßen. Die Erregung hatte sich inzwischen gelegt. Es wurden sachliche Einwände gegen die Annahme der päpstlichen Einladung vorgebracht.

»Was will er eigentlich?« wurde gefragt. »Schmiedet er Vereinigungspläne? Sollen wir die ersten sein, mit denen er's versuchen will?«

»Oder will man sich Bachs bemächtigen, des Lutheraners? Will man etwa Bach katholisch machen?«

Mäßigend fiel der Hamburger Bischof ein: »Es ist kaum anzunehmen, daß Gregor sich verschworen hat, uns mit irgendwelchen Fragwürdigkeiten zu überraschen. Im übrigen: Bach wird seit langem im Vatikan und in mancher katholischen Kirche gespielt. Ich habe ihn in Sankt Peter gehört, und in der Sixtinischen Kapelle habe ich ihn selber aufführen lassen, und Gregor war Zuhörer. Pius XII. ließ sein ganzes Orgelwerk in Aracoeli zu seiner Genesung aufopfern. Wie sehr aber Bach selbst sich zur alten Kirche bekannt hat, ist an seinen Werken abzulesen ...«

Die Auseinandersetzung nahm kein Ende, schon verstand manch einer nicht mehr, weshalb man so viel Aufhebens machte: mochte diesen Bach aufführen, wer immer das wollte und wo es ihm gefiel.

»Sehen Sie, meine Brüder«, sagte Hammerschmied schließlich, »wäre es nicht gut, dieses Gespräch über Bach mit Papst Gregor fortzusetzen, der ja nicht nur der Papst, sondern einer der hervorragendsten Bachkenner unserer Zeit ist? Und weshalb sollten wir dabei nicht anhören, was er uns als Papst darüber hinaus noch zu sagen hat? So schlage ich vor, die Einladung des Papstes anzunehmen und die rechten Männer aus unserer Mitte für das Gespräch in Castel Gandolfo zu wählen.«

»Ich schließe mich dieser Meinung an«, sagte als erster der Bischof von Oldenburg.

»Auch ich«, sagte der Bischof von Hannover, »schließe mich an.«

Der Bann war gebrochen. Die meisten der Amtsbrüder stimmten zu, und der Bischof von Hannover sagte: »Die Zahl der Brüder, die zugestimmt haben, genügt vollauf für unsere Entscheidung.« Sehr bald erfuhr die interessierte Öffentlichkeit vom Sinn und Ergebnis dieser Beratung. Die lutherischen Bischöfe, so nahm man überrascht, chokiert oder erfreut zur Kenntnis, hatten eine Einladung Papst Gregors angenommen und wollten nach Rom fahren, um mit ihm zusammen Tage im Geiste Johann Sebastian Bachs zu verbringen. Noch im Juli wollten sie reisen. Es sollte musiziert und vom Sinn des Kunstwerks ganz allgemein gesprochen werden. Dagegen erhob sich manche Stimme. Und schon mußten die Männer, die sich selber so schwer zu einer Zustimmung hatten durchringen können, ihr Vorhaben verteidigen. Aus diesem Kampf züngelte jedoch schon bald bei vielen die Flamme der Begeisterung für das bevorstehende südländische Fest, dessen Mittelpunkt der evangelische Musiker, der musische Evangelist des Nordens sein sollte.

7

Sommer in Rom: schon der frühe Morgen war voll von Wärme und Insekten, die Sonne schwang sich mit Macht über die Berge und leuchtete in die erwachenden Straßen. Doch sie war nicht die erste. Golden glänzten die Häuser mit offenen Fenstern, und im Schatten wurde Markt gehalten. Ein Summen wie im Bienenkorb begann, ein Rauschen wie die Brandung: Lastwagen, die vom Großmarkt kamen, kleine Dreiradkarren und Motorräder, die Beiwagen hochbepackt. Ganz Rom schien motorisiert. Stimmen und Singen, Trambahnen rollten, Busse fuhren leise an und hielten jäh, und der aufgestaute Fußgängerverkehr drängte an ihren doppeltmannshohen Bugen vorbei. Börsen und Banken öffneten die gläsernen Türen, Ventilatoren surrten, vornehm traten Leute zwischen goldbeschilderten Marmorsäulen in die Halle des Gottes, der alle heidnischen Götter überlebt hatte: Merkur war der einzige Gott, der in der Welt des öffentlichen Handels noch beim Namen genannt wurde. Aber zugleich war es das christliche Rom, das Rom der Päpste, der tausend Kirchen und Heiligen; und es gab Schilder, auf denen sogar Banken sich nach dem Santo Spirito nannten. Und jugendliche Arbeiterinnen, die auf den Trambahnen und Bussen zu ihrer Arbeit fuhren, trugen Medaillen in der Geldbörse, darauf die Madonna geprägt war, mit dem Wunsch, in ihr eine Patronin und Mehrerin der Barschaft zu haben.

Der Mittag brachte Stille in die Ewige Stadt. Das Knattern der Motoren schwoll ab, die gutturalen Laute der Saft- und Fruchtverkäufer, die ihre Tabletts auf dem Kopf durch die Gassen von Trastevere oder in der Gegend um den Spanischen Platz trugen, verstummten, und der Wind wurde hörbar, säuselnd in Platanen, Zypressen und Palmen. Irgendwo setzte sich der Händler in den Schatten einer Hauswand, an den Tisch einer Wirtschaft, um Brot und Wein und eine im blechernen Topf warm gestellte Speise zu verzehren, die er am Morgen, von seinem Weib, seiner Tochter oder Mutter gerichtet, dem Wirt unter den Schanktisch gestellt hatte. Und er fand Gesellschaft: Arbeiter aus den Werkstätten der Nachbarschaft, die gleich ihm ihr Mahl einnahmen.

Gespräche entspannen sich, während sie mit kaum vom Wagenöl oder Tischlerleim gesäuberten Händen aßen und tranken. Über den Sommer wurde gesprochen, über die römischen Brunnen, ihr auch im Sommer kühlfließendes Wasser, mit dem man

den Wein mischte. Sport, Film, Politik und der Heilige Vater waren die Themen. Das Neueste, das man aus dem Vatikan in der Presse erfahren hatte, wurde erzählt, zum wievielten Male mit dem Langmut der einfachen Leute, fromm und naiv und dennoch erregt. Alle noch laufenden Heiligsprechungsprozesse sollten nun zu einem guten Ende gebracht werden. Einen Papst aus dem neunzehnten Jahrhundert und eine Nonne, die Bücher geschrieben und vor vielen Jahren, während des Zweiten Weltkrieges, in Deutschland mit ihren jüdischen Brüdern und Schwestern den Martertod erlitten hatte, wollte der Papst zu Weihnachten heiligsprechen. Dennoch hätten Platoni und die anderen Theologen bitter zu beißen. Seit Gregor wieder gesund war, ging er mit einem merkwürdigen Eifer zu Werke. Und je zuvor hatte man ihn nie eifern sehen. Zuletzt hatte er es sogar gegen den Widerstand seiner Kardinäle durchgesetzt, daß die Protestanten aus Deutschland nach Castel Gandolfo, seiner Sommerresidenz, kamen. Und die Frage war: »Wie wird man sie in Rom empfangen?«
Selbstverständlich hatten die Extravaganzen des Papstes, wie man seine verschleierten Pläne nannte, böses Blut gemacht. Worte waren gefallen wie: »Im Geiste Johann Sebastian Bachs – das klingt wie: Im Geiste Benedikts von Nursia oder Bernhards von Clairvaux.«

Zwar hatten sowohl Papst Gregor als auch Johann Sebastian Bach innerhalb der vatikanischen Grenzen Freunde. Und diese sagten: »Warum nicht!« Doch mußte sich Gregor eines Tages sogar die Kritik seines ergebensten Freundes und Sekretärs Kardinal Hopkins anhören.

»Es ist zu auffällig, Heiliger Vater«, sagte der Kardinal, und er war sehr erregt. »Wir haben es nicht mit Künstlern zu tun, die man gewiß nach Rom einladen kann, um sie mit dem Heiligen Vater zu seiner Entspannung mehrere Tage in den Albaner Bergen verbringen zu lassen; wir haben es mit Theologen der Häresie zu tun. Daß aber diese vermeintliche Theologie von einer irrenden Philosophie, nicht aber durch die Inspiration des Heiligen Geistes geleitet wurde, davon dürften nicht nur Kardinal Platoni und Monsignore Mancini überzeugt sein. Man kann sie allenfalls als eine Art Hilfsapparat nehmen, eine notwendige, unabänderliche Erscheinung nach dem Abfall Luthers.«

»Immerhin«, milderte Gregor, »müssen wir Gott für ihre Existenz danken. Oft waren sie uns gute Bundesgenossen im Kampf wider den weltlichen Feind.«

»Ich gebe es zu«, sagte Kardinal Hopkins. »Auch spricht aus meiner Erregtheit die eigene Erfahrung. Was aber Eure Heiligkeit zu diesem aufsehenerregenden Entschluß bewogen haben mag, ist nicht nur den übrigen Mitgliedern des heiligen

Offiziums ein Rätsel, sondern auch mir. Wir konnten es nicht verhindern, daß in der Öffentlichkeit die Meinung aufgekommen ist, der Heilige Vater trage sich mit heimlichen Gedanken, Eure Heiligkeit schmiede insgeheim Pläne, in welche die Würdenträger der abgefallenen Kirche eingeweiht werden sollen, bevor irgendeine Persönlichkeit aus dem Kreis um den Heiligen Vater selbst unterrichtet worden ist.«

»Mein lieber Hopkins«, erwiderte Gregor, der inzwischen der heftigen Rede innerlich beigekommen war und nun selbst mit ungewohntem Nachdruck sprach. »Mit wem Wir es zu tun haben, wissen Wir am allerbesten, die Wir es wagen, die lutherischen Bischöfe zu empfangen. Täuschen Sie also vor den anderen getrost weiter die Entspannung vor, die der Papst nach seiner Krankheit nötig hat. Ich fühle mich jedenfalls stark und frisch und bin auf dem Wege, einige Gedanken Wirklichkeit werden zu lassen, damit ich bei meinem Scheiden aus dieser Welt sagen kann, das Meine getan zu haben. Aber Unsere Ratgeber einweihen, auf die Wir immer gehört haben, es wäre denn Unser Tun das Ergebnis eines direkten Gespräches mit Gott gewesen, so wie es hin und wieder jedem erbärmlichen Menschen – gleich wie ein sättigender Regen dem verödetsten Strich der Wüste – gewährt wird, um dem Einsamen, Verdurstenden Kraft und Mut zum letzten Gebet zu

geben – die Kardinäle unterrichten werden Wir erst dann, wenn Wir die Zeit dafür gekommen halten!«
Gregor hatte mit Kraft gesprochen, mit starkem Atem, mehrmals hatte er sogar den Platz verlassen, die Hände gefaltet und wieder auseinandergenommen. Hopkins' Gesicht drückte Erschrockenheit aus. Seine Augen hingen unverwandt an Gregors Mund, als jener längst zu Ende war, und sie hatten die Hilflosigkeit eines Schülers, der in seiner vorlauten, wenn auch fundierten und stichhaltigen Rede zu weit gegangen ist und nun dem Lehrer gegenüber am liebsten völlige Ergebung und Niedergeschlagenheit ausdrücken möchte. Denn seine innere Standhaftigkeit bleibt: er will dem Alter seinen Dienst antragen.
Kardinal Hopkins neigte den Kopf, griff nach Gregors Hand und berührte mit den geschlossenen Lippen den Fischerring.
»Vergebung«, sagte er. »Ich werde das Meine tun und Eure Heiligkeit weiterhin gegen jeden Gegner verteidigen.«

Seine Ausfahrt nach Beendigung der Pfingstfestlichkeiten war offiziell. Er bestieg die große Limousine, deren Kühler hochging wie ein Bug und in einem großen silbernen Schmiedewerk und vier kreisrunden, sich kegelhaft nach hinten verjüngenden Scheinwerfern mündete. Zwei Schein-

werfer hatten das übliche milchige Glas, doch über ihnen waren nach innen zu die beiden kleineren angebracht, die orangefarbenes Licht brannten. Papst Gregor hatte kaum je eine Nachtfahrt gemacht. Vorn am Steuer saß Ernest, der burgundische Chauffeur, weit hinten, auf gerippten Lederpolstern saß der Papst im weißen Kleid.
Mittags verließen sie den Vatikan, fuhren um die Mauern von Sankt Peter herum auf den gewölbten Torweg zu, der auf den Petersplatz hinausführte. Vorher gesellten sich zwei Motorradfahrer zu ihnen, auf großen, tierhaften Maschinen, deren Lenker sich flügelweit ausspannten, so daß die schwarz gelederten, sturzhelmbewehrten Männer wie gebietende, finstere Engel mit weitausgreifenden Armen, gespannt wie Fledermausschwingen, darauf saßen. Zwei andere warteten mit donnernden Motoren, die gegen die hohen, zu Apsiden ausgebogenen Seitenwände der heiligen Basilika anschrien. Sie beschlossen den Zug, als der schwarze Wagen des Heiligen Vaters vorüber war, und fuhren dicht nebeneinander.
Hinter den Stufen der Kirche neigte sich der Weg jenseits des Tores in die Schale des Platzes hinab. Schon bevor sie den Platz verlassen hatten und statt in die kühle, nüchterne Zufahrtsbahn der Via della Conciliazione in eine Nebenstraße eingebogen waren, verfielen die Fahrer in zunehmende Geschwindigkeit. Auf der rechten Seite des Tibers

strebten sie dem alten Stadtausgang der Porta Portese zu.
Still war es um diese Zeit in den Gassen. Alle Kirchen waren geschlossen, die Menschen saßen im Schatten. Doch was auf den Beinen war, wurde plötzlich von den machtvoll daherkommenden Motorradfahrern beiseite gescheucht, die in einer, dem Stadtinnern unangemessenen Stundengeschwindigkeit von fünfundsiebzig Kilometern die Bahn für den nachfolgenden Wagen freimachten. Auf der Ponte Sublicio ging's über den Tiber hin zur Porta des heiligen Paulus, zur Stadt hinaus und auf die klaren, in die Straßen der Hänge und Hügel der Ewigen Stadt grüßenden Albaner Berge zu. Schläfrige Bettler, Fruchtsaftverkäufer, Blumenfrauen und Kinder blickten auf, als sie den vertrauten Klang der Motorkavalkade vernahmen. Da sprangen sie auf, winkten und riefen: »Evviva il Papa! Evviva il Santo Padre!«

8

Wie auf einem japanischen Bild stand die römische Stadtmauer mit den Pinien des protestantischen Friedhofs dem Abendhimmel gegenüber. Die glühenden Farben der untergehenden Sonne legten sich quer über das gartendurchzogene Land und zielten ins Schwarze, in den dichten Schatten der Mauern und Wipfel, welche die flachstrahlende nicht mehr beglänzte. Auf dem eintönigen Himmel des Sommertages hatten sich zuletzt Wolken gebildet, die in weiten, fächerartig ausströmenden Straßen vom Meere her über der Stadt den Bergen zu hingen. In ihnen vollzog sich das Wunder der wechselnden Farben.
Ein Vorortzug der Ostiabahn entlud Hunderte von Ausflüglern, die vom Lido kamen. Schon liefen die Händler herbei, die in der nachlassenden Hitze beweglicher wurden, und priesen ihr Obst an. Braune Gesichter strömten aus dem Bahnhof und übersahen ruhig den Platz, gewahrten die wartenden Busse und drüben am Tore des heiligen Paulus die Tram. Jäger im feldgrünen Kleid, mit gelbledernen Stiefeln, Gewehren und grimmigen

Hunden, zu viert gekoppelt, kehrten aus dem buschigen, sumpfigen Ufergebiet heim, die zerfransten Leinentaschen voll geflügelter Beute. Daneben gab es Studenten, Arbeiter, Frauen und Kinder, die den Sonntag genossen hatten. Und aus all diesen löste sich das Gesicht einer jungen Frau, die der Sommer sehr stark gebräunt hatte. Auf der Stirn und unter den Augen hatte die Haut rötliche Flecke von der Sonne. Der Blick der braunen Augen wanderte hinüber zur Trambahn, die am Tore bereitstand. Die junge Frau ging schneller. Ihr Haar war noch heller als sonst und fiel an diesem Abend, vom Meere gewaschen, buschig und vom Wind gesträhnt, ohne die Spuren des Kammes, auf die Schulter. Noch war der Sand des Ufers darin, und die ungeschminkten schmalen Lippen schmeckten nach dem Salz des Meeres. Die Fremde trug ein weites Sommerkleid, ein Jäckchen aus dem gleichen Tuch hing über den Schultern. Sie mochte Mitte der Zwanzig sein und hielt in der einen Hand die Tasche mit dem Badezeug, in der anderen ein großes Notenheft, darauf in lateinischen Lettern der Name *Bach* stand.
Sie lief über den Platz, vorbei an der grauen Pyramide des Cestius im Schatten der Waldung des protestantischen Friedhofs, unter den verwitterten Steinen der Porta hinüber zur Tram. Auf ihr fuhr sie in die innere Stadt. Still stand sie, mit hochgerecktem kleinem Kinn, geschlossenen Lippen –

und fest das Notenheft unter den Arm gepreßt. Stand, sich der Stöße der Drängenden nicht erwehrend, und sah hinaus auf die dämmerig werdenden Straßen, auf die Dächer der fahrenden Autos, in die offenen Wagen mit Frauen in leichten bunten Sommerkleidern, Männern mit weißen Schirmmützen.

Ein römischer Sonntag ging zu Ende. In dichten Scharen zog das Volk nach Hause, mit dem Luise Hammerschmied am Morgen ausgezogen war. Am Tiber stieg sie aus, und ohne nach rechts und links zu blicken, lief sie die Straße zum Aventinischen Hügel hinauf. Inmitten dieses vornehmen Viertels wohnte sie in einem alten Hause oberhalb von San Alessio und Santa Sabina und konnte aus ihrem Fenster über Gärten und Tiber auf die weiße, ruhige Kuppel von Sankt Peter sehen.

Ihr Zimmer lag in der Wohnung der Wirtsleute. Sie stieg die dunkle Treppe empor, scheuchte Katzen, öffnete die Wohnungstür und ging am Eßzimmer der Leute vorbei, die beim Tischgebet saßen. So grüßte sie nicht, öffnete die Tür zu ihrem Zimmer und stand ihrem Vater gegenüber. Er hatte das Fenster geöffnet, die Klappläden aufgestoßen und über die Dächer geblickt. Nun wandte er sich.

»Verzeih«, sagte er. »Deine Leute haben mich hier hereingeführt.«

»Pa!«

Sie schüttelte den Kopf, lächelte dabei und legte

die Tasche mit dem Badezeug auf den Waschtisch, das Notenheft auf einen kleineren Tisch, auf dem Papier und Notenblätter lagen. Darunter ruhte im braunen Segeltuch eine Violine auf den Querleisten des Gestells.

»Seit wann bist du in Rom?« fragte sie.

»Wir kamen gestern abend.« Hammerschmieds Stimme wurde nach und nach kräftig und warm. »Die Mutter, die Geschwister, Hamburg und der ganze Kantatenkreis lassen dich grüßen.«

»Ist er mitgekommen?«

»Wer?«

»Der Kantatenkreis!«

»Nein. Aber ich bin in Begleitung einiger Synodalen.«

Sie schob dem Vater einen Sessel hin, der aus Holz und einem Binsengeflecht war. Er setzte sich. Luise blieb stehen.

»Ich habe nicht viel im Haus.« Ihre dunkle Stimme klang etwas trocken, ganz durchtränkt von der Sonne des Lidos. »Etwas gestandene Milch, Wermut, ein paar Kirschen und Weißbrot. Nur Reste. Auch mußt du entschuldigen, daß ich in der letzten Zeit so wenig geschrieben habe. Briefe sind so teuer wie Brot.«

Sie zuckte die Achseln, hob die rotgebrannten Arme und ließ sie wieder fallen. Dabei lächelte sie.

»Ich verstehe, Luise«, sagte der Vater. »Wie gefällt es dir in Rom?«

Er griff nach ihrem Arm.
»Ich bin gern hier, sehr gern. Jetzt komme ich gerade vom Meer. Heute morgen bin ich mit dem ganzen Volk hinausgefahren. Viermal habe ich den Mund auftun müssen, zweimal in der Tram, einmal am Bahnhofsschalter, einmal beim Obsthändler am Strand. Aber jetzt mußt du mir erzählen, was dich nach Rom führt. Und von Hamburg. Und vom Kantatenkreis. Du hast ihn also nicht bei Dir?«
»Nein. Aber trotzdem ist es auch diesmal Johann Sebastian Bach, der uns hierherbringt.«
»Du bist nicht allein?«
Da erzählte er ihr alles. Und als er mit seinem Bericht zu Ende war, sagte Luise: »Ja, Papst Gregor! Wenn wir ihn nicht hätten, so wäre Rom wie alle anderen Städte der Welt.«
»Und Hamburg?« fragte der Vater.
»Papst Gregor«, fuhr Luise fort, indem sie an dem Vater vorbeisah, »ist einer der wenigen Männer, ja, der einzige, der weiß, woran es fehlt in dieser Welt. Dieser Welt, von der man wünschen möchte, sie zählte ihre letzten Tage. Und Hamburg? fragst du mich! Ich möchte gern wieder mit euch zusammensitzen ...«
»Brauchst du Geld?«
»Etwas. Ich gehe öfter herum, mich aus der Bettelnuß ernähren. In der Mensa der Studenten, in Nonnenklöstern. Lebe ich hier denn nicht an einem schönen Platz? Inmitten vieler heiliger

Namen. Da sind San Alessio, Santa Sabina und die Konvente einiger Orden. Unten, jeden Morgen zur Messe zu erreichen, liegt Maria in Cosmedin, wo wir beide damals waren ...«

»Damals hast du mir gesagt, daß du von Hamburg, vom Kantatenkreis nie lassen könntest. Und nun ist doch Rom dein Zuhause geworden«, sagte Hammerschmied schmerzlich. »Du magst es glauben oder nicht, es ist mir schwergefallen, der Einladung des Papstes zu folgen und nach Rom zu gehen, da ich dich hier wußte. Ich habe wider mein Gefühl, wenn auch in der völligen Überzeugung meines Geistes gehandelt, als ich in Wiebrechtshausen die Bischöfe bewog, die Einladung des Papstes anzunehmen.«

Luise sagte: »In Wiebrechtshausen muß jetzt der Sommer schön sein.«

»Komm zurück«, bat der Vater.

»Vielleicht«, erwiderte sie.

Dann gab es eine Weile Schweigen.

Plötzlich aber fragte Luise, aus ihrem Überlegen aufschreckend: »Was mag eigentlich der Papst von euch wollen?«

Sie sprach nachdenklich und fügte stockend hinzu: »Fast glaube ich es zu wissen.«

»Was meinst du?« fragte der Bischof.

»Ich kann es nicht aussprechen«, antwortete Luise. »Es würde merkwürdig komisch, ja verrückt klingen ...«

Der Vater gab sich nach einigem Zögern einen Stoß und fragte: »Wirst du dich irgendwann entschließen, katholisch zu werden?«

»Nein«, erwiderte Luise erstaunt.

Sie schüttelte den Kopf und griff in das vom Meer weich gesträhnte Haar.

»Nein, das glaube ich nicht. Es kam mir jedenfalls noch nie in den Sinn, obwohl ich sehr oft nach Santa Maria in Cosmedin hinuntergehe, der stillen Meßfeier wegen. Das finde ich wunderbar. Aber vielleicht ist es auch Unsinn, was ich von Papst Gregor sage und denke. Ich weiß nicht, was er von euch will. Ich möchte dir viele andere Dinge erzählen.«

Luise Hammerschmied war nach Rom gekommen, um die Musik des italienischen Barocks zu studieren. Bald, nachdem sie mit dem Kantatenkreis von der großen Reise zurückgekehrt war, die sie durch Spanien, Frankreich, Belgien und Holland, durch die großen Städte West- und Mitteleuropas gebracht hatte, faßte sie den Entschluß, in die Stadt zu gehen, an die sie die lebhafteste Erinnerung bewahrte: Rom.

Damals sagte der Vater sich sofort, das alles – Cimarosa, Vivaldi, Pergolesi, Albinoni und Palestrina – könne nur Ausrede sein. Seine Tochter zog genau das nach Rom, was einst die Bohème nach Paris zog, die Engländer nach Positano, die blinden Anbeter einer toten Antike nach Griechenland: der feste Boden einer im Grunde pittoresken, skurrilen und exotischen Welt, der den zu Hause Entwurzelten Raum zu Lässigkeit und zu den jeweiligen geistigen, seelischen und leiblichen Lastern bot. Und das war in diesem Falle für die Künstlerin und Protestantin aus Norddeutschland der Katholizismus Roms und seine in all der phantastischen Frömmigkeit unnachahmbare Lebensfreude.

War es so?

Der Bischof erfuhr es auch an diesem Abend nicht. Eine sprühende Heiterkeit zeichnete Luise aus, als sie den Vater am späten Abend in sein Hotel zurückbrachte, das in der Nähe des Tibers lag, ein paar Schleifen des Flusses entfernt. Es wurde von einer katholischen Ordensgesellschaft unterhalten, die den Auftrag hatte, sich um die protestantischen Gäste zu kümmern, und sich ihrer inzwischen mit einer Aufmerksamkeit angenommen hatte, die alle Erfahrung ihrer früheren Gäste – Pilger, Geistliche und Touristen – in fast wunderbarer Weise in den Schatten stellte.

Das Haus war prächtig, aus weißem Marmor, mit großen Fenstern, hellen Dielen, geräumigen Zimmern, die allen Komfort bargen und neben den üblichen Madonnenbildern und Weihwasserbekken geschmackvollen Schmuck enthielten. Hierhin brachten am ersten Abend die bestellten Autos die Bischöfe und Musikexperten aus Deutschland,

nachdem sie gemeinsam auf dem römischen Hauptbahnhof eingetroffen waren, umringt von Presse- und Rundfunkleuten, durch die fast kein Durchkommen war.
Schweigend standen die Deutschen im Empfangsraum des Hotels, ihre Taschen und Musikinstrumente in den Händen, betroffen und mit unsicher umherschweifenden Blicken. Mancher wischte sich den Schweiß von der Stirn und horchte unruhig auf die surrenden Ventilatoren ... Man war also in Rom! Und da sie den Weg nicht kontrolliert hatten, sich auch in der Ewigen Stadt am dunklen Abend nicht auskennen konnten, lag ihnen die Frage auf der Zunge: »Etwa im Vatikan?«
Beflissene Patres eilten herbei, in schwarzen Soutanen, mit lebhaften, fast kindlichen Gesichtern, rosig und glatt. Sie lachten, fragten und gaben Auskunft, ohne daß den Fremden inzwischen der Mut zum Fragen gekommen wäre. Diese Männer, den Gästen freundlich, fast brüderlich zugetan, mit aller denkbaren Aufmerksamkeit in Mimik, Geste und Tat, brachten die Fremden aus Deutschland auf ihre Zimmer und luden sie für eine halbe Stunde später zum Abendtisch. Das Essen wurde gemeinschaftlich eingenommen. Und sobald von den Schwestern aufgetragen worden war, zogen sich die Geistlichen zurück und überließen die protestantischen Theologen, die der Heilige Vater ihrer Gastfreundschaft anemp-

fohlen hatte, dem eigenen Gebet und Mahl. Sie befanden sich im Hotel einer Ordensgesellschaft, der Pallottiner, auf der Via Pettinari, in Tibernähe. Vor diesem Haus also verabschiedete sich die Tochter vom Vater. Es war schon völlig dunkel und ging auf Mitternacht zu. Das Hotel erstrahlte von außen und innen im hellsten Licht.

Im schwächeren Licht der Straßenlaternen ging Luise zum Tiber zurück. Die Nacht war so warm, daß man auf den Bänken des Kapitols hätte schlafen mögen. Bettler und Händler kauerten an den Wänden der Paläste. Verlassen stellte sich die nicht mehr ganz so Fremde an der Bordsteinkante auf. Ein Bus, das letzte Gefährt in dieser Nacht, hielt vor ihren Füßen. Sie stieg ein und zahlte, im Herzen nicht wenig beglückt von dem Geld, das ihr der Vater vor einer Stunde gegeben hatte. Mit den letzten Lirestücken war sie heute abend vom Meere zurückgekehrt.

Noch war für sie der Tag nicht zu Ende. Jetzt, als sie wieder allein war, kamen die großen Gedanken. Froh gestimmt, völlig gelöst und in einer geheimnisvollen Freude kehrte sie in ihre Wohnung zurück. Es war nicht nur der Besuch des Vaters, der ihr das Herz so sehr gefüllt hatte. Der Grund ihrer Freude war vielmehr in dem Gespräch zu finden, das sie miteinander geführt hatten. Doch nicht die nackten Worte waren es, die in ihr haften geblieben waren: ein Gedanke, der sich hinter den Worten des Vaters für sie verborgen gehalten hatte, von ihm selber nicht gewußt, allein von ihr geahnt, ließ sie nicht mehr los. Den Kopf voller Melodien, die sie gleich nach dem Abschied vom Vater gepackt hatten, stürmte sie die ansteigende Straße hinauf. Es war schon spät. Die Haustür war verschlossen. Der Portier öffnete ihr. Sie grüßte dankend und lief durch das matt erleuchtete Treppenhaus nach oben. Mit den Lippen zischte sie unschön Melodien, ein Pfeiflaut trat schrill zwischen den Zähnen hervor, Trompetenstöße markierend. Im Kopf sprach sie ununterbrochen den Namen Bach, den sie in die vier Buchstaben zerlegte, die zugleich Tonwerte waren, die Noten B-A-C-H, die letzten, die Bach selber notiert hatte.

Und als sie dann im Zimmer stand, vor dem geöffneten Fenster, unter dem die stillen Lichter der Ewigen Stadt glühten, sprach sie im Geiste einen Gedanken aus, der in ihr aufgesprungen war, als ihr der Vater von Gregors Musikfest in Castel Gandolfo erzählte, zu dem er die Protestanten eingeladen hatte. Sie dachte: Sankt Johann Sebastian...

Hatte sie recht, wenn sie glaubte, dies sei auch der Gedanke des Heiligen Vaters?

Luise Hammerschmied schlang die Hände in starker Erregung ineinander. Es mußte sein. Nur Gregor konnte solches denken und Wirklichkeit

werden lassen. Niemand hätte früher daran denken können. Der Zeitpunkt war günstig, die Zeit war reif.
Wie vertraut klang das feierliche und doch einfache, fast volkstümliche Wort: Sankt Johann Sebastian. Sein Name war des Wassers Symbol. Das Wasser war das Erste, sagt der Dichter der Griechen; doch einst wird es auch sterben, in der letzten Glut, die von Gottes Wort ausgeht, so wie einst sein Sprechen das Licht ausstrahlte und werden ließ. Johann Sebastian – Sohn des armen Musikanten Ambrosius Bach und seiner Frau Elisabeth Lämmerhirt. Klang es nicht wie aus einer alten Legende, längst vertraut, in Holz geschnitten, ein Schnitzwerk, ein Votivbild, ein Bibelwort, jenem Wort des Propheten gleich, das einst verkündet hatte, der Herr wolle am Ende der Zeit Hirten aufwecken ...
Er, der selbst im Hirtenstall geboren wurde und immer wieder geboren wird. Später, als Johann Sebastian Bach das Liebeslied in neuen Tonsatz setzte, das ihre Lippen nun summten, und das im Weihnachtsoratorium als Wiegenlied erklang und als Grabgesang in den beiden Passionen.
Ja, dachte Luise Hammerschmied wirklich die Gedanken Papst Gregors? Sollte es so sein? Waren doch die Gedanken wie die Sterne, die über der Siebenhügelstadt standen und jedem leuchteten, der zur selben Stunde und in derselben Erfülltheit

zu ihnen emporblickte. Und an seinem Fenster stehend, sah vielleicht auch Papst Gregor hinauf, indem er die Werke der Künstler, die Kompositionen aus Tönen, Worten und Farben, mit den Werken Gottes dort draußen im Universum verglich …

9

Johann Sebastian Bach: In seiner Musik ist der Glaube zur Kunst geworden. Und doch war er, wie jeder Künstler, nicht nur ein Arbeiter im Weinberg, sondern ein Bergmann im Bergwerk des Herrn, der Himmel und Erde erschaffen hat. Der Bergmann steigt in tiefe Schichten der Erde, um edle Gesteine zu finden; im Schweiße seines Angesichts, unter unsagbaren Mühen muß er im Finstern graben, muß bohren und sprengen, muß Steine lösen, heben, wählen und verwerfen, um den einen Diamanten, nach dem er auf der Suche ist, zu erlösen. Er befreit ihn aus dem ungeschlachten Boden, fördert das noch unkenntliche, schlakkenverhaftete Edelgestein zutage, um es in langsamer Arbeit, waschend, spülend, behauend und schleifend zur Vollendung zu bringen. Und doch hat er schließlich nur das Gesetz freigelegt, das dem Ding inne war, als es noch seinen Schlaf im dunklen Erdboden hielt.
Er liest die Formen ab – des dreifaltigen Goldes, Silbers und Diamanten –, und sein Werk gehorcht dem gleichen Gesetz. Er hält ein Stück Welt in

Händen, ein Bruchstück der Schöpfung. Die Schöpfung im Prisma, im Goldbild, im Silberglanz eines Steines, eines Ringes, eines Bechers. Er hält die Offenbarung des Herrn in den Händen: die Kunst. Denn nicht anders als Bergmann und Goldschmied steigt der Künstler hinab in den Brunnen der Erdnacht, wirkt, schafft, bohrt, gräbt nach dem verborgenen Stein, nach dem Gold, das er zutage fördert und zur vollkommenen Form bringt. Dann hält auch er in Wort und Bild und Ton die Gesetze der Welt in Händen, und jeder kann kommen, sie bei ihm abzulesen; wie bei den Propheten; kann inne werden der Reinheit, der Folgerichtigkeit und des Geistes der Schöpfung, nach deren Gesetzen auch die Musik gebildet ist. Denn so muß einst der Herr die Welt gesungen haben, wie sie die Menschheit heute noch hören kann, wenn an ihr Ohr die Orgel tönt.
Johann Sebastian Bach, der nicht der erste, nicht der letzte Künstler war, er hat den Ton in seiner Hand geballt, wie einst der Herr das Wasser, das vor allem anderen war. In seiner Musik ist die Schöpfung zur Kunst geworden.

Die Männer in Castel Gandolfo hatten die Musik in die Natur geholt, obwohl sie an Räume, Säle und Kirchen, an Instrumente wie die Orgel gebunden ist und eine eigene Natur bildet, die man sich vorstellen kann auch dann noch, wenn die Welt schon nicht mehr ist. Man zählte bereits den vorletzten Tag der Festwoche, die Papst Gregor seinen Gästen gab. Orgelwerke Bachs waren erklungen: Choralvorspiele, Passacaglien, Toccaten, Fugen; eine Partita für Klavier, eine Solosuite für's Violoncell; Präludien und Fugen, auf dem Cembalo gespielt; Triosonaten und das ganze andere Volk der kleinen und großen Tonwerke, die Bach in das Reich der Kunst geführt hat, wie Moses einst die Israeliten aus der Knechtschaft ins Gelobte Land.

Vorträge in Wort und Ton hatte man vernommen, vom Papst, vom Hamburger Bischof oder von einem jener Gäste, die der Papst außerdem geladen hatte: zwei Mönche, bekannte Musikwissenschaftler aus der Ordenswelt, einer davon Gregors Beichtvater, die gemeinsam mit dem Papst und dem jungen venezianischen Patriarchen dem Gewicht der protestantischen Gäste die Waage hielten. Und all diese Männer, die man auf beiden Seiten geschickt ausgewählt hatte, sie bildeten das kleine Orchester, das einmal am Tag zusammentrat, um weltliche Stücke aufzuführen: vier der Brandenburgischen Konzerte und zwei der Orchestersuiten, deren eine, die erste in C-Dur, an diesem Abend im Freien des Parkes von Castel Gandolfo gespielt werden soll.

Die Protestanten sind schwarz gekleidet, zwischen ihnen sitzen die beiden Mönche, gleichfalls in

Schwarz, unter den Geigen, deren erste Papst Gregor spielt. Bischof Hammerschmied wird wie stets am Cembalo sitzen und das Orchester leiten. Der junge Venezianer spielt Viola. Die übrigen Protestanten beherrschen Violinen, Celli, den Kontrabaß und das Familieninstrument der deutschen Hausmusik: die Flöte.
Noch haben die wenigen Stimmen der Natur an diesem Sommerabend das Wort. Die Mauern und Bäume schirmen vor den letzten Sonnenstrahlen. Wegen der aufkommenden Dämmerung hat man vorgesorgt: Lichter sind an den Notenständern befestigt, gegen den Wind werden die natürlichen Flammen von kleinen Glaskelchen geschützt. Die nahen Fontänen rauschen, Vögel zwitschern, ehe das Stimmen der Instrumente beginnt.
Die Männer treten auf Parkwegen in das Gehege, wo sie das Orchester aufgebaut haben. Jeder ist guter Stimmung. Sie gehen zu zweit oder allein. Wer allein geht, sieht sich um, als wolle er die Form der Berge, ehe es dunkel wird, noch einmal mit dem Auge umfassen, und er lauscht den Stimmen in der sich leicht abkühlenden Luft.
Die Tage mit Papst Gregor waren allzuschnell dahingegangen. Ihm und der Musik verdankte man die Freiheit der Gefühle, in der man zueinander gefunden hatte, verdankte man jene Vergessen schaffende Heiterkeit, in der man sich keiner Sorge, keines Streites mehr bewußt zu sein

brauchte. Die Männer aus Deutschland waren sich darüber im klaren, und einer gestand es dem anderen. Sie klatschten wie Studenten in die Hände, als Papst Gregor als letzter erschien. Sie hatten auch die Sitte weltlicher Orchestermusiker übernommen, jedesmal mit dem Holz der Bogen auf den Violinen zu klappern, wenn der Papst als Solist aufgetreten war, einmal in einem Vivaldikonzert, ein andermal im E-Dur-Konzert von Bach. Noch stand der letzte Vortrag Gregors bevor. Morgen wollte er die E-Dur-Partita für Violine spielen. Das sollte der Abschluß sein.

Papst Gregor hatte die Abendkonzerte nicht etwa deshalb ins Freie verlegt, weil er die Kapelle des Hauses, wo die Orgelkonzerte, Gesangstudien und Stücke für Soloinstrumente aufgeführt wurden, als den nicht geeigneten Raum für die weltlichen, aus dem Tanze geborenen Stücke angesehen hätte, sondern weil sie an diesen Abenden nach der Natur verlangten, obwohl sie von der Natur wie auch von dem Tanze völlig entbunden sind. Er sprach es auch aus und sagte: »Weltlich ist all dieses: in die Welt gekommen, so wie auch unser Herr in die Welt gekommen ist, Wein getrunken hat und zugleich betrübt und heiter war in dieser Welt...«

Sie stimmten die Instrumente, voran Papst Gregor, der im weißen Kleid an der inneren Spitze des Orchesters saß; nicht, weil er der Papst war, son-

dern der erste Violinist, nach dessen Takt und Maß sich die anderen zu richten hatten.
Dann begann die Musik: der dunkle, nur wenig hell übertönte Beginn der Ouvertüre. Das bewegt sich langsam, hebt sich empor und fällt wieder geburtgebunden über dem Wasser des Werdens, über dem der Schöpfergeist Gottes schwebt. Schon dringt matt das Licht der Sonne durchs Gewölk, aus dem es zugleich noch regnet, doch in der Ferne auf dem Meere liegen Sonnenflecken, leuchten golden und ziehen näher. Sie verblassen, kehren wieder und glänzen an anderer Stelle auf, wie Sterne, die inzwischen über den Wolken ein wenig weitergewandert sind. Dunkel und Licht streiten. Dann spricht der Herr: »Es werde Licht.« Kein Schatten kann sich mehr widersetzen. Das Weltliche ist noch sakral, aber das Sakrale – wird Welt.
Papst Gregor und seine Musiker hätten gern die andere Suite gespielt, die große Dritte; doch fehlten hierzu die lauten Instrumente, die auch der Psalmist am Freudentag nicht vermissen mag: die Pauken und Trompeten. Niemand beherrschte sie. Sie wählten die kleine, doch weitaus längere, vielsätzige Suite, in der die fromme Schwermütigkeit der langsamen Air fehlt, in der jedoch die Tänze sich unaufhörlich aneinander drängen, mit einem Rhythmus, der zwar frei und ständig wechselt, jedoch innerlich im gleichen, dauernden Gesetze bleibt.

So ist die Ouvertüre erfüllt von leichtem Tanz, der alle Hindernisse nimmt; aus dem dunklen Nebelreich, das der vom starren Höhenzug gewonnene Rückblick noch einmal überschaut, ist sie befreit. Zum Schluß folgt wieder der Beginn. Denn wie es war im Anfang, so wird es immer sein. Doch einmal gesagt genügt es. Die Schwere ist gefallen, vom Hellen übertönt, und scharf bricht es ab; ein Punkt ist gesetzt. Frisch und fröhlich hebt das Nächste an, auf dem bereits der Hauptakzent gesetzt ist: Rondo, Gavotte, Gigue, Menuett, Sarabande, Allemande, Courante. Tanz schließt sich an Tanz. Am Ufer des Meeres, voll fröhlich zuversichtlich weltlichen Mutes feiern die Fischer und Winzer ihr Fest, der vergangenen Stürme und Fluten nicht mehr gedenkend. Fastnacht, auf das der leise Verzicht eines Trioschritts folgt. Doch schon hebt es erneut an: Ostern und Pfingsten: das Wunder macht die babylonische Verwirrung wieder gut. Alle Sprachen der Welt reden die Einfachsten nun. Italiener, Franzosen, Niederländer und Deutsche, sie geben sich ein frohes, einiges Treffen. Menuett, Courante, Sarabande ...

Der Tag war noch nicht zu Ende; dieser Abend hielt noch eine Überraschung für alle bereit. Der letzte Takt der Suite war verklungen, als die ersten Tropfen vom Himmel fielen. Unbemerkt hatte sich zwischen den Bergen ein Gewitter gebildet, das sich langsam auf die unteren Täler und den Alba-

ner See senkte und die Ahnungslosen überfiel. Man blickte zum Himmel; der war dunkel, nur die Lichter auf den Notenständern warfen ihren Schein ein paar Schritte aus den Fenstern weit über die Wiese; von drüben traf sie der Glanz des erleuchteten Hauses. Schwarz ragten Bäume und Buschwerk auf, von ihrem Schatten unterschied sich der Nachthimmel kaum; kein Stern war zu sehen. Hastig war der Aufbruch, ein jeder schleppte seine Noten, sein Instrument; das Cembalo wurde von jungen Ordensbrüdern fortgetragen, die den Dienst im Hause versahen. Auch Gregor nahm seine Violine und ging den Flüchtigen nach. Einer der Mönche, der Beichtvater des Papstes, zog das Skapulier mit der Kapuze aus und warf es Gregor über das weiße Gewand. Nur wenige Augenblicke lang fiel der Regen in jäher Dichte, dann wurde er wieder schwach, die Tropfen rollten von den Blättern der Bäume, schwer und laut.
Eine halbe Stunde später, als die Männer, unter ihnen die beiden Mönche, noch plaudernd zusammensaßen, trat unerwartet Papst Gregor noch einmal unter sie. Ihr Gespräch verstummte, sobald Gregor eingetreten war. Er zögerte im Schritt, lächelte, bat, man möge weiterreden, und trat auf den Kreis der Männer zu.
Doch er hörte nicht auf das, was gesprochen wurde, er stand zwar unter ihnen, hatte aber den

Blick zu Boden gerichtet, eine Hand hing schlaff, die andere hatte er auf die Brust gelegt, wo sie sich an der Kette des Kreuzes festhielt. Er dachte nach, sein Kopf suchte nach Formulierungen; denn er war gekommen, den Männern etwas Bestimmtes zu sagen. Plötzlich sah er auf und richtete einen fragenden Blick auf die beiden Mönche. Sie schienen ihn zu verstehen, deuteten ein Nicken des Kopfes an, das niemandem auffiel, und nach einer kunstvoll verzögerten Weile wünschten sie eine gesegnete Nacht.

Jedermann wußte, daß die Mönche ihre Regel befolgten; ihr Rückzug wurde verstanden.

Die Gäste, von Gregor aufgefordert, umringten ihn; sie vermuteten, Gregor wolle sich ihrem Gespräch anschließen, vielleicht auch ein neues beginnen. Und als der Papst die Hand hob, zum Zeichen, daß er sprechen wolle, sahen sie ihn fragend an. Er war auf der Stelle stehen geblieben, nahm die Hände über der Brust zusammen und sagte: »Wir glauben, daß diese Tage für uns alle fruchtbar waren....«

Dann hob er die Hand, der Ring glänzte im künstlichen Licht, das von den Decken und Wänden aus mannigfaltigen Leuchtern strahlte. Die Stille wurde plötzlich vollkommen.

Der Papst faltete, innerlich erregt, die Hände über der Brust und sagte: »Jean-Sébastien Bach war das Privileg, das Wir Uns nach der Erwählung in dies heilige Amt vorbehalten hatten. Ob dies der Grund war, daß Unsere väterlich fürsorgende Kraft nicht in dem Maße gefestigt war wie die Unserer Vorgänger – das vermag ich nicht zu sagen. Wenn er es aber war, so möchte ich demütig einwenden, daß man ihn mir trotzdem lassen soll, wie man jedem anderen Gläubigen seinen Schutzpatron, seinen Heiligen läßt.«

Die Gäste, die seinem Dasein in diesen Tagen, seiner spürbaren Gegenwart in allen Stunden, selbst wenn er nicht zugegen war, bereits so viel verdankten, spendeten Beifall.

»Schon fragen Wir Uns«, fuhr Papst Gregor fort, »ob Sie etwa Unserer Formulierung vom Heiligen, den Wir immer in Jean-Sébastien Bach verehrt haben, Beifall zollen – oder ob es nur eine spontane Zustimmung ist, in der sich Sympathie für Unsere Person, für Unsere so ungefährlich verlaufende Regierung bekundet. Sicher ist aber, daß Wir lange gerungen haben, ehe Wir Schritte zu unternehmen wagten, die das Aufsehen aller erregen werden. Und so müssen Wir Ihnen in dieser Stunde gestehen, indem Wir hoffen, sie möge nicht unsere letzte sein, daß der tiefere Grund zu diesen Tagen ein anderer war als einfach der, das Werk Jean-Sébastien Bachs zu feiern.«

Der Papst schwieg eine Weile und fuhr dann ein wenig hastiger fort: »In Jean-Sébastien Bach ist der Glaube Musik geworden ...«

Wiederum schwieg Gregor. Aller Augen hingen an ihm. Keiner war älter als er. Der Bischof von Hamburg war unter den Deutschen der älteste, aber auch er stand erst Anfang der Sechzig. Aber nicht nur an Alter war ihnen der Papst in diesem Augenblick überlegen: sie saßen vor ihm als sein Auditorium, wie so oft in den letzten Tagen. Er stand, ging nicht auf und ab, stand vor ihnen mit geschlossenen Füßen, die unter dem rund fallenden Saum des Gewandes hervorsahen, die Hände auf der Brust zusammengenommen. Die Augen, von den Brillengläsern vergrößert, wanderten lebhaft hin und her. Noch ahnte keiner, welches Ziel seine Rede hatte. Sie deuteten sie einfach als eine hymnische Überwölbung der vergangenen Vorträge und Spiele.
»Seine Musik ist ein ungeheuerer Quell der Reinheit...«
Gregor sprach ein klangfremdes Deutsch, und manches, was er sagte, hörte sich merkwürdig und unbeholfen an. Gewiß würde er, wenn sie ihn alle auf französisch verstanden hätten, vieles nüchterner und schärfer formuliert haben. So aber klang es ein wenig dunkel, wie die tiefen Holzbläser.
»Aus ihr kann man dieselbe Kraft nehmen, die uns das Lesen der Heiligen Schrift gibt. Selbst seine weltlichen Stücke, etwa dies, das wir heute abend zusammen gespielt haben, sind ein Lied zu Gottes Ruhm und Freude. So wurden aus Ouvertüren

Choralkantaten ... Aber ach, was soll's der Worte, liebe Brüder. Daß Wir Sie gerufen haben, hat einen anderen Grund. Denn alles, was Wir zu sagen verstehen, haben schon andere gesagt, und es erscheint überflüssig vor dem, was Jean-Sébastien selber in seiner wunderbaren Pfingstsprache gesagt hat ...«

Wiederum unterbrach sich der Papst. Er blickte kurz auf den Teppich des Bodens, hob dann die Augen wieder und richtete sie fragend auf seine Zuhörer. Es war der letzte Anlauf zu dem, was er ihnen zu sagen, was er sie zu fragen hatte.

»Auch dies Letzte«, sagte er, »das Wir jetzt aussprechen, haben die meisten, die seine irdische und überirdische Erscheinung lieben, längst ausgesprochen und gedacht: Saint Jean-Sébastien. Nämlich, daß er ein Heiliger war; daß er ein Heiliger ist, dessen sind wir gewiß. Unter die Heiligen ist Bach zu zählen.«

Diesmal schwieg Gregor, weil das nachdrückliche Sprechen in einer kurzen Atemnot stockte. Keiner seiner Zuhörer nickte, keiner klatschte Beifall. Jetzt ahnte ein jeder, wohinaus Papst Gregor wollte. Trat Abwehr oder zaghafte Zustimmung in ihre Gesichter? Sie blieben unbewegt.

Gregor begann noch einmal.

»Da Uns die Macht verliehen ist – nach der Beratung mit befähigten Männern Unseres Konsistoriums –, haben Wir bei Uns beschlossen, Jean-

Sébastien Bach vor aller Welt heiligzusprechen; denn Uns ist gewiß, daß er es vor dem Himmel längst ist.«

Nun unterbrach Gregor sich nicht mehr. Er schloß Wort an Wort, verstärkte sogar seine Stimme und gewann zu dem Ernst seiner Rede dennoch das Lächeln seines leisen Humors zurück.

»Und Sie, die Sie hier um uns versammelt sind, sollten Uns ohne Bedenken zustimmen können. Wir haben Sie zu Uns gebeten, um dies mit Ihnen zu besprechen. *Sie* als Lutheraner wollten Wir zuerst fragen, weil Sie die eigentlichen Hüter der Bachschen Kunst sind und dadurch, daß Sie seine Musik zum Bestandteil Ihrer Liturgie gemacht haben, am besten um das Wesen dieser Musik wissen und zu einer Entscheidung befähigt sind. Ihrem Rat wollten Wir Uns anvertrauen.«

Gregor war zu Ende. Er öffnete die Hände, breitete ein wenig die Arme und blickte seine Gäste fragend an.

Regloses Schweigen herrschte unter den Männern. Gregor sah es; er hatte es erwartet, wenn er auch seines Erfolges sicher war. Er wahrte ein fröhliches Gesicht, hob noch einmal klar und laut zu reden an und bat die Gäste, sie möchten sich Ruhe und Zeit lassen und nachdenken. Morgen sei der letzte Tag. Dann wolle er ihnen wieder Rede und Antwort stehen, seine Gedanken weiter ausführen und versuchen, ihre Zustimmung zu

gewinnen. Sie gälte ihm viel und sei ihm Bitte und Gebet wert.
Dann hob er die Rechte zum Zeichen des Kreuzes und sprach: »Laudetur Jesus Christus.« Wandte sich und ging.

10

Der nächste Tag begann mit einem Orgelkonzert in der Kapelle. Versammelt waren die Lutheraner und Papst Gregor, der eine Stunde zuvor am Altar, der nunmehr entblößt war, eine Messe gelesen hatte. Der venezianische Patriarch und die beiden Benediktiner fehlten. Sie versahen zu dieser Zeit ihren geistlichen Dienst. Die Deutschen aber erkannten, daß der Papst von neuem mit ihnen sprechen wollte. Seine Worte vom letzten Abend lagen bereits traumhaft verschlossen hinter ihnen, und noch niemand hatte Zugang zu ihnen gefunden. Sobald Papst Gregor erschienen war, verstummte ihr Flüstern; sie erhoben sich und neigten zum Gruß den Kopf. Gregor nahm seinen Platz ein, die Lutheraner setzten sich wieder, das Spiel des Hamburger Bischofs begann. Ein Orgelstück löste das andere ab, kleine Figuren tönten auf, zarte Gebilde durchspannen den Raum, Variationen über Hirtenthemen und Kirchenlieder. Phantasien, stille, verhaltene, innige Werke, in denen kein Aufbrausen war. Doch endlich spielte Hammerschmied Bachs letzten Orgelchoral, jene Melo-

die auf den Doppeltext »Wenn wir in höchsten Nöten sein« und »Vor Seinen Thron tret ich hiermit«.
Auf Papst Gregors Gesicht trat ein Lächeln, als er die ersten Klänge vernahm. Er ahnte wohl, daß nun alle es fühlen mußten, welch notwendigen Gedanken er ihnen mitgeteilt hatte. Oder was sonst mochte in den Gemütern, in den Köpfen der Männer vor sich gehen, die ihn gestern abend so ratlos, so ohne Verstehen und Verständnis angeschaut hatten? Sicher war ein stürmisches Gespräch ausgebrochen, nachdem er sie verlassen hatte, gewiß waren die Empfindungen und Geister bis zur Stunde mitgenommen von dem überraschenden Ansinnen des Papstes. Nun aber schien es ihm eine kleine Gunst, eine Fügung, daß der Hamburger Bischof gerade diesen, den allerletzten Choral Johann Sebastians spielte. Gab ihm Hammerschmied, gab Bach ihm ein Mittel in die Hand, das mehr als Worte imstande war, die Herzen der Männer zu gewinnen?
Als der Herr auf Golgatha in seiner Todesstunde sprach: »Es ist vollbracht«, da packte es den Heidenhauptmann unterm Kreuz, und er bekannte sich zu Ihm, zu Gottes Sohn. Und wie jene Worte klang auch dieses Spiel, das Bach im blinden Alter fremder Hand diktiert hatte: »Es ist vollbracht – vor Seinen Thron tret ich hiermit.« Das hieß: Jetzt – in dieser Stunde trete ich vor Deinen Thron. Und

es hieß auch: Hiermit, mit diesem Werk, mit allen Werken, mit all meinen Werken, den Werken der Tugend und der Kunst trete ich vor Dich. Unausgesprochen aber blieb: O nimm es gnädig an. Seinetwegen war er in die Welt geschickt, die Schöpfung auszusprechen in Musik. Sagt nicht: deswegen schickt Gott keinen in die Welt, denn besser als Gott es vermochte, schafft's keiner. Nachspiele auf die Schöpfung nur sind es, die der Künstler vollbringt. O nein. Allenfalls Vorspiele sind es, wie auch der Sohn nur ein Vorspiel war; denn immer schickt Gott in die Welt, durch wen Er sich hörbar, sichtbar machen will. Er schickte Seinen eigenen Sohn, ward selber Mensch, obwohl Er sich auf Erden gewiß nicht besser wiederholen konnte, als Er von Anfang an war. ET NUNC ET SEMPER. Hiermit also.

Wenn sie sich ehrlich entscheiden wollten, all die lutherischen Bischöfe und Gelehrten, dann würden sie zustimmen. Denn hier galt es, mit allen anderen, aufs weltliche Gedeihen ihrer Kirchen gerichteten Bedenken zu brechen ...

Aber sie hatten Bedenken, die Lutheraner mit Bischof Hammerschmied an der Spitze. Ihre Meinung war streng und unnachgiebig. Sie änderten sie auch nicht, als das Konzert zu Ende war und Gregor sie für eine Stunde allein ließ.

»Der Papst versucht etwas Unmögliches«, so lautete die entschiedene Ansicht.

Und im Sturm der Gewißheit hieß es: »Wir dürfen uns nicht versehrbar machen. Bisher ist noch kein Protestant heiliggesprochen worden. Überhaupt hat die Kirche noch keinen Sterblichen wegen seiner Kunstwerke heiliggesprochen.«
»Was kein Einwand wäre«, sagte der Bischof von Hamburg, »denn wir wissen, daß die römische Kirche die Werke zählt, und Gregor hat den Begriff des Werkes in einer Weise betont, als solle er im Falle Bachs auch auf die Kunst ausgedehnt gelten ...«
»Im Kampf um die Vereinigung beider Kirchen«, meinte man, »– denn darauf hinaus läuft schließlich Gregors Absicht – dürfen wir keinen Schritt eigenen Bodens preisgeben.«
»Wer ist es denn – –«, rief da der Bischof von Oldenburg, »der hier einen Schritt eigenen Bodens preisgibt? Ich finde, das ist zunächst der Papst. Denn hartnäckiger als unsere Tradition ist die Tradition der römischen Kirche, stärker als unser Widerstand, dem auch ich mich anschließe, wird der Widerstand der Kardinäle sein.«
»So sind auch Sie überzeugt, daß dies alles nur eine rein persönliche Idee Gregors ist?« fragte ihn der Bischof von Hamburg.
»Ich bin es«, antwortete der Oldenburger.
»Dann müssen wir genau das auszusprechen versuchen, was ihm seine Kardinäle sagen werden.«
Später, als sie wieder vor Papst Gregor saßen,

drückte sich der Hamburger Bischof so aus: »Wer wäre nicht von Papst Gregors zündender Idee eingenommen? Schon sein erster Brief hat mir offenbar gemacht, daß die Geisteskräfte sich nahe sind, die ihn und mich beleben. In der Mitte unserer Auffassung vom tätigen und anbetenden Menschen stand das Schaffen der Künstler. Uns allen ist es bewußt, daß in Johann Sebastian Bach die Kunst zu der endgültigen, einmaligen, überragenden Ordnung gelangt ist, wie sie in Gottes Gedanken gewesen sein mag, kurz vor der Erschaffung der Welt. Und besser als ich hat es Papst Gregor ausgesprochen, daß Bachs Musik das Prinzip der Gotteshuldigung, der Anbetung schlechthin enthält, die der Mensch dem Schöpfer schuldet. Damit aber, so wagen wir zu behaupten, ist das, was Bachs Kunst ist, ein für allemal festgelegt. Er war ein Künstler und ein gläubiger Protestant. Dies Wort müssen Eure Heiligkeit verstehen; denn Sie wissen, daß es die Wahrheit ist. Wir wollen uns indessen nur auf den Künstler einlassen, um das Problem nicht unnütz auszudehnen. Der Mönch, der Heilige, der Künstler sind verschiedene Begriffe, verschiedene Lebensformen. Bach war kein Mönch; denn er hatte im Laufe seines irdischen Lebens zwei Frauen und von ihnen eine große Schar Kinder. Er wechselte seinen Wohnsitz häufig, bewarb sich um Stellungen und Auszeichnungen. Er schuf seine Kunst. Er war auch kein

Heiliger. Denn der Heilige lebt ähnlich wie der Mönch sein Leben lang im strengen Bewußtsein auf Gott zu, das er nur dadurch klar erhält, daß er jedes Werk vermeidet oder bereut, das auf weltlichen Erfolg gerichtet ist. Das aber war Bachs Kunst. Uns stört es ferner, daß die römische Kirche den Himmel der Heiligen verehrt; trotz unserer großen menschlichen Unwissenheit weist sie den Gläubigen unzählige Menschen als Heilige aus, während der lutherische Mensch mit dem Gebet allein vor dem Forum des christlichen Himmels steht, den er ungeschmückt sieht von den Heiligen, ja selbst von der Jungfraumutter des Herrn. Wir stehen also nur mit Christus, mit Gott im Gespräch, nur vor ihm entscheiden und verantworten wir uns. Bach selbst stand vor diesem Forum als Mensch und als Künstler. Aber über den Menschen richtet nicht der Mensch, sondern allein Gott. Uns bleibt der Künstler, und er soll uns genügen. Seine Kunst ist allen gegenwärtig. Kein irdisches Erlebnis kann uns eine größere Ergriffenheit schenken als die Aufführung seiner Werke. Seine Kunst hat die Kraft, von der er selber singt, daß sie ›die Werke des Teufels zerstöre‹. Sein Stern wird nicht untergehen. Und wenn ihm dennoch auf Erden, wie allem Irdischen, Vergänglichkeit innewohnt, so wird es doch Gott ein leichtes sein, die Musik Johann Sebastians am Jüngsten Tage in seine neue, bessere Welt, die er stiften will, aufzunehmen als die wohl wunderbarste Frucht menschlichen Schöpfertums. Das wissen wir, und es bedarf keiner besonderen Geste Roms, dies zu bestätigen ...«

Der Bischof schwieg. Gregors Augen waren unverwandt, ein wenig erschrocken auf ihn gerichtet. Wie sehr hatte er ein nachgiebiges Wort des Hamburgers erwartet. Seine Hoffnung schien völlig zerschlagen. Dies war das letzte Wort gegen seine Pläne, der einzige Einwand, der bestehen blieb; denn von politischen und konfessionellen Bedenken hatte man, wenigstens äußerlich, abgesehen. Allein, es war ein theologischer Einwand, und er wog schwerer als alle anderen. Es währte eine Weile, ehe Gregor dem Hamburger antwortete. Endlich faßte er sich und sagte: »Wenn ich meine Gedanken dem heiligen Offizium zu Rom verkündet haben werde und man mir das Recht zugestehen sollte, Jean-Sébastien Bach zur Heiligsprechung vorzuschlagen, dann wird man einen Gerichtshof wählen, der um meinen Klienten prozessieren wird. Und ich werde ihn mit größter Wahrscheinlichkeit gar nicht durchbringen. Doch sage ich mir heute wie einst als Schüler, als rationale Bedenken gegen den Glauben in mir aufkeimten: ›Credo, quia absurdum‹. Und dann wird man Unserem Klienten zwei Advokaten zur Seite stellen, einen Advokaten des Teufels und einen des Himmels. Und der Advokat des Teufels wird dann

die gleichen Einwände erheben wie eben der lutherische Bischof von Hamburg.«
Papst Gregor schwieg. Eine verlegene Stille trat ein, die alle empfanden; dann fuhr er fort: »Wir haben Sie nach Rom gebeten, um Sie an Unserem Denken und Fühlen zu beteiligen, und Wir wollen Sie einschließen, sobald wir den Streit mit den eigenen Theologen gewonnen haben. Wir sind frei von Hintergedanken und haben nichts anderes im Sinn, als die Idee zu verwirklichen, die Sie kennen. Wir fühlen Uns zu schwach und nicht berufen, die ersehnte Vereinigung der gespaltenen Kirche durchzuführen. Doch was in Unserer Kraft steht, werden Wir tun. Und so wollen Wir Gott bitten und danken, daß er uns die Gelegenheit gab, die Geschichte um einen kleinen Schritt weiterzubringen. Denn ihm bereiten Wir eine Freude, wenn eines Tages beide Konfessionen ein Fest feiern werden, das Wir Bach zu Ehren stiften wollen, Bach, der immer nur Gott die Ehre gegeben hat, auch wenn er, wie behauptet wurde, auf weltlichen Erfolg aus war. Das waren auch die Apostel, die durch die Welt zogen, um die Gemeinden der Gläubigen in allen Ländern zu festigen – und der heilige Paulus hätte Unsere Limousine benutzt, wenn sie ihm zur Verfügung gestanden hätte, nur, um das Werk zu beschleunigen. Die Geschichte der Kirche sollte Sie lehren, daß sie ganz andere Menschen heiliggesprochen hat, Männer und

Frauen, die in viel stärkerem Maße auf den Ruhm der Welt aus waren als der Künstler Johann Sebastian Bach. Doch die Namen derer zu nennen, behalten Wir Uns vor, wenn Wir dem Advocatus Diaboli gegenüberstehen.«

Gregor hielt inne. Durch das Auditorium lief eine vernehmbare Bewegung. Man rückte mit den Stühlen. Einige wandten den Kopf und flüsterten miteinander. Der Bischof von Oldenburg sprach mit dem Bischof von Hamburg. Sie wechselten einige scharf formulierte Sätze.

»Bitte«, sagte der Papst, »sprechen Sie . . .«

Der Bischof von Oldenburg erhob sich, wies mit der einen Hand über seine Amtsbrüder auf den verharrenden Papst zu und sagte: »Wem würden wir lieber zu diesem Werk des Friedens, zu dem Werk der Vereinigung unserer Kirchen beihelfen als Papst Gregor. Wem würden wir es zutrauen, wem würden wir es wünschen, mit wem würden wir uns noch einmal zusammensetzen . . .«

Gregor winkte ab.

»Wir wollen weiter bescheiden bleiben«, sagte er. »Helfen Sie Uns bei Unserem kleinen Werk. Vor jedem Größeren steht niemand hilfloser als ich. Die Kunst ist das schönste unter den sichtbaren menschlichen Werken. Sie kann, aus segensreichen Händen hervorgegangen, zum Guten verhelfen wie die Macht der heiligen Schriften, wie das Erscheinen heiliger Menschen. Doch die Welt geht einen bösen Gang. Schon zeigen auch die Künste, lange Zeit der Kirche treueste Schwestern, ein verzweifeltes Gesicht. Sie zu retten, bedarf es einer Tat, eines Wortes. Und sollte dies eine nicht genügen?

Sehr wohl kann ein Künstler ein Heiliger sein. Der Heilige steht im Gegensatz zu keiner Gattung, es sei denn zu der des bösen, von den Dämonen besessenen Menschen. Denn ein Heiliger ist, wer Gott wohlgefällig gelebt hat. Das Heiligsein ist kein Beruf, und man wird nicht erwählt. Jeder Künstler, seine Kunst sei rein oder dämonisch, kann sich für oder gegen ein heiligmäßiges Leben entscheiden. Darum wäre es gewiß falsch, den Künstler, nur, weil er ein überragender Mann war, einen Heiligen zu nennen. Niemand will das. Wir sind Uns bewußt, wie profanisierend unseren katholischen Brüdern der Gedanke erscheinen wird, wenn Wir ihnen Jean-Sébastien Bach zur Heiligsprechung vorschlagen. Und doch werden Wir ihnen das gleiche sagen, was Wir hier ausgesprochen haben. Zugleich mit der Bitte: Stimmen Sie mir zu, erleichtern Sie mir so die vor der Geschichte der Welt und des Heils notwendige Tat!«

Sie verschoben die Entscheidung. Schweigend gingen sie auseinander. Der Abend mit dem letzten Konzert stand noch bevor. Papst Gregor gab nichts verloren. Von einigen Deutschen nahm er sogar ein Lächeln der Zustimmung mit auf den Weg, als er aufrecht und schnell davonschritt. Nachdenklich blickte Hammerschmied ihm nach, bis er mit einer überaus jungen, gewandten Bewegung hinter dem Flügel einer geöffneten Türe verschwand.

Ein Mann im geistlichen Gewand, mit einem Laiengesicht jedoch, kam zu Hammerschmied. Es war einer der Brüder, die im Hause Dienst versahen. Er brachte einen Brief. Der Bischof, den die Botschaft zur Mittagszeit auf der Terrasse über dem Park erreichte, öffnete mit erregten Händen. Luise war da und ließ ihn zu sich bitten. Sie wartete in einer Wirtschaft an der Straße. Hammerschmied ging hin. Ein glückliches, allen Ausdruck der Drangsal tilgendes Lächeln lief über sein Gesicht. Dann fand er Luise, im Sommerkleid, mit Noten und Basttasche unterm Arm, ein strenges, unter der Sonne des römischen Sommers gemagertes Gesicht, in der Laube eines von Spalieren eingefaßten Restaurantgartens.
»Du hier – ausgerechnet jetzt?« sagte der Vater.
»Hast du Zeit?« fragte sie aufblickend, erwartungsvoll und besorgt.
Sie war mit einem Omnibus aus Rom gekommen, der Ausflügler und Pilger gebracht hatte. Fremdländische Laute klangen auf. Zwischen den voll ausgefüllten Stunden hatte der Papst noch diese

Audienzen zu bewältigen, die er den Angekommenen gewährte.
»Was gibt es, was will der Papst von euch?« fragte Luise. »War es prachtvoll? Bist du zufrieden, erfüllt – traurig über den Abschied?«
»Ernste Fragen, Luise, sind an uns herangetragen worden.«
Unter ihren Blicken zog sich steil der Abhang zum Albaner See hinab. Wolken traten über den Grat des Gebirges, brachten Schatten und kühlten den Wind ab, der vom Meere herzog und Eingang in die Täler fand. Doch beide achteten der Reize nicht. Luise nahm den Vater beim Arm, hob ihr Gesicht nah an seines und blickte mit fragend geöffneten Lippen.
»Kannst du es mir nicht sagen?«
»Ich will es versuchen.«
Daß sie jetzt hier war, stimmte ihn froh. Sein eigenes Blut. Seine Tochter. Zeichen seiner Erdzugehörigkeit und immer Zeichen seiner Gottergebenheit. Hatten diese Römer denn ein eigenes Schicksal? Ihr eigenes Blut, konnte es ihnen zum eigenen Schicksal werden? Der Anfang ihrer Kirche? Der Eckstein ihrer Gottergebenheit? Hier aber war der ganze menschliche Ernst zu Hause, der Einsatz einer ganzen Existenz für Gott. Die Familie.
Und Hammerschmied wälzte die Worte wie schwere Steinplatten von seinem Herzen. Dabei drängte es ihn gar nicht zur Aussprache. Er hatte

sie mit seinen Amtsbrüdern stundenlang geführt. Und sie würden nicht ablassen, dem Papst ihr Nein entgegenzuhalten; einmal in die Falle gegangen, wollten sie hartnäckig bleiben, und alle Maßnahme war Abwehr.
Kam Luise wirklich, um zu fragen? Ahnte sie schon? War dies ihr Gedanke gewesen, den sie vor einer Woche in Rom angedeutet hatte, als sie davon sprach, zu wissen, was der Papst wollte? Hammerschmied verriet es ihr ohne Bedenken. Er sagte: »Stell dir vor, Papst Gregor will Bach heiligsprechen.«
»Mein Gott«, stieß Luise hervor und legte ihre Hand auf die seine.
»Wir wissen nicht weiter«, gestand er.
»Ihr wißt nicht weiter?«
Ihre Augen sprühten vor Begeisterung.
»Mein Gott, kann man denn überhaupt mehr wissen als der Papst? Tut es, um des Himmels Willen, tut es, sagt ja, versagt in dieser Stunde nicht. Versagt nicht in dieser einmaligen Stunde.«
»Weißt du, was du da sagst?« fragte Hammerschmied ruhig.
»Ja! Gregor ist ein bedeutender Mann. Nutzt diese Gelegenheit, es wird sich nie mehr eine zweite bieten. Sankt Johann Sebastian. Und wenn ihr es nicht des Glaubens, der Konfession Luthers wegen tun wollt oder könnt, so tut es der Ungläubigen, der Vielen wegen, die da nicht glauben können oder

wollen, die alles mit Füßen treten oder den Kopf wegdrehn. Papst Gregor macht es einmal möglich, einmal macht er das möglich, was so viele Menschen immer gewünscht haben, ob er es weiß oder nicht: alle, auch den unwissendsten Bauern Deutschlands, Spaniens oder Italiens vor Johann Sebastian Bach auf die Knie zu zwingen, vor der Kunst. Vater, weißt du, was das heißt?«

»Und an sonst denkst du nichts?«

»Oh, an vieles andere noch. Aber laß dies eine doch genügen. Leg ihm keinen Stein in den Weg, hilf ihm! Wenn es einer verdient hat, Freunde zu haben, so er. Hier auf Erden. Denn im Himmel hat er bestimmt einen Freund.«

»So glaubst auch du es?«

»Und du?«

»Ich«, sagte Hammerschmied, »ich muß es wohl auch glauben.«

»So hilf ihm!« eiferte Luise. »Ich kehre mit dir nach Deutschland zurück, um für den Gedanken dieses Mannes zu werben, so gut ich es vermag ...«

Drei Stunden später: sie saßen zum letzten Male in der Kapelle der päpstlichen Residenz: der junge, für sein Amt viel zu junge, venezianische Patriarch, die beiden jungen Benediktinermönche; die sechs Bischöfe der lutherischen Kirche aus Deutschland; zwei namhafte Musikexperten, Dozenten einer süddeutschen Universität – gläubige evangelische

Christen, die Papst Gregor an diesen Ort geladen hatte, um mit ihnen zusammen diese letzte Stunde frommer und musischer Erfülltheit zu haben. Er erschien, die Violine in der Hand, ein Virtuos im weißen Kleid, mit greisem Haar, das päpstliche Käppchen auf dem Haupt und an der Hand den Fischerring: GREGORIUS XIX. PONTIFEX ET ARTIFEX. Er spielte die Solopartita in E-Dur von Johann Sebastian Bach und war entschlossen, nach Beendigung seines Spieles keine weiteren Bitten mehr an seine Gäste zu richten. Mochte er sie nun überzeugt haben oder nicht: er war bereit, seinen Weg auch ohne sie zu gehen. Schon war der erste Schritt, das Thema vor das römisch-katholische Forum zu bringen, getan: der venezianische Patriarch war zugegen, die beiden Mönche. Gregor hatte sie kurz vor Beginn des Konzertes mit wenigen Worten eingeweiht. Sie hatten vorbehaltlos, in ergebener Begeisterung zugestimmt. Zuversichtlicher als am Morgen trat er heute abend vor sein Auditorium.

Gregor nahm die Geige ans Kinn, hob den Bogen, ließ ihn schwebend sinken, ein paar Striche – und wundersame Musik erklang. Überlegen und sicher brachte er sie zu Ende. Man glaubte, in seinem Gesicht Verklärtheit zu sehen.

Zu Ende das Spiel. Gregor senkte das Haupt und verließ die Kapelle, eiligen Schrittes. Schweigend erhoben sich die Männer, einer nach dem ande-

ren, und folgten ihm. Draußen stand er auf dem Flur, umgeben von den Mönchen und dem Patriarchen, der sein Festgewand trug. Schwarz und Purpur vertrugen sich gut. Ein Schloß würdiger Mauern, farbiger Zinnen, eindrucksvoller Fahnen stand in gefestigter, unüberwindlich scheinender Pracht. In ziemlicher Entfernung blieben die Deutschen. Bischof Hammerschmied löste sich aus der Reihe und trat mit zögernden Schritten auf den Papst zu, blieb vor ihm stehen und ergriff seine Hand. Dann zog er sie zu den Lippen empor und küßte den Fischerring. Unschlüssig standen seine Freunde. Es war ihnen, als ob sie diese Szene nur mit verschleiertem Blick wahrnähmen, doch plötzlich erschien sie ihnen wirklich, richtig und gut.
»Wir danken«, sagte der Hamburger Bischof mit stockendem Atem. »Gewiß, wir danken ...«
Rührend war zu hören, wie er nach Worten suchte, nach einfachen, um die schweren, abgenutzten zu vermeiden, und wie ihm dies gelang und zugleich mißlang.
»Wir werden in den Norden zurückkehren und von Ihnen sprechen, für Sie sprechen, Gott, der Allmächtige, führe Ihre Pläne nach Seinem Willen!«

11

Der Wagen Papst Gregors verließ die Berge. Die Motoren der Kavalkade hallten in den Tälern. Landleute, die auf den Feldern und an den Hängen arbeiteten, blickten auf, traten staunend aus dem Schatten der Felsen und Bäume hervor und standen, während sie der Staubwolke, dem glitzernden Lack und Metall nachblickten, in der blendenden, hochsommerlichen Morgensonne. Sie schafften an den Steilhängen, die mit niedrigen Ölbaumreihen gemustert waren, schnitten mit kleinen Sicheln Gras in den Trockentälern, waren niederwärts an den fruchtbaren Weinbergen bei der Arbeit. Gregor fuhr zu seinen Kardinälen nach Rom, um der Sitzung ihres Gerichtshofes über die beiden Mandanten, die heiliggesprochen werden sollten, beizuwohnen. Es war der Tag des heiligen Augustinus; zugleich feierte Gregor seinen Geburtstag. Die Seinen erwarteten ihn mit Ungeduld. Sie versprachen sich an diesem Tage eine besondere Huld des Papstes, hofften kraft seiner Hilfe heute mit beiden Prozessen zu Ende zu kommen.

Gregor aber gedachte sie noch in ganz anderer Art zu überraschen. Freudigen Mutes hatte er im Hof der Sommerresidenz den Wagen bestiegen. Sobald Ernest, der Chauffeur, den aufbrausenden Motorrädern nachgefahren war, schraubte der Papst das seitliche Fenster herunter, so daß ihm ein frischer Luftzug ins Gesicht schlug, während sie auf Serpentinen und Kurven, über Bachschluchten und Trockenrinnen, über Ölbaumhainen und kahlen Abgründen dahinfuhren.

Die Luft füllte ständig den Wagen, in Wellen, im Schwall, in dünnen Fäden, die keine große Wirkung hatten, doch verwandelte sie sich von Mal zu Mal: war einmal kühl, einmal warm, zuweilen hitzig. Sobald der Wagen eine Höhe erklommen hatte, von der sich der Blick auf das weite Land der Campagna senkte, war der Wind kühl und erlabend, doch in den Schluchten und Tälern, wo Gregor den Grat des Gebirges nicht sah und sein Auge den tiefen Grund der Schlucht nicht mehr fand, stand die Luft heiß; der Wagen durchschnitt sie und sog sie durchs offene Fenster herein. Diesen glühenden Atem scheute der Papst; er spürte Schweiß auf der Stirn, hielt den Atem an, der heiß war und zu Kopf stieg, spürte das Blut träger werden, bis es sich staute und stockte. Nach Abkühlung begierig, öffnete er schließlich auch das andere Fenster.

Sobald sie aus der Schlucht heraus waren, setzte er

sich ruhig zurück. Dann wehte wieder der frische Wind in den Wagen. Er legte abermals die Hand auf den stumpfen Rand der Scheibe, sah in die Landschaft und dachte nach. Mit einer neuen Hitzewelle füllte auch das grelle Licht den Wagen; die Sonne flirrte auf dem vorderen Fenster. Gregor schloß die Augen, solange, bis hinter der nächsten Straßenbiegung der Schatten wieder über die Lider lief. Er blicke auf, spürte Schwindel, das Bild war ungenau, die Landschaft versank. Er drückte die Hand noch fester auf den Scheibenrand, ließ plötzlich los und griff an die Stirn, auf die der Schweiß trat. Mit dem Rücken der Hand wischte er ihn ab, neigte leicht den Kopf zum Fenster hinaus und trank förmlich die Luft, so warm sie war.

Langsam wurde es kühler, eine Kurve rückte den Wagen über die Weite der Landschaft; in den steifen Ölblättern am Straßenrand raschelte hörbar der Wind. Aber Gregor fühlte sich bereits so schwach, daß ihm die Bewegung des Autos Mühe machte. Er schloß die Augen. Der Schweiß brach jedoch erneut hervor, nicht mehr von der warmen Luft erzeugt, sondern von innen her auf die Stirn getrieben, wobei ihm die Kräfte versagten. Sein Atem ging schwer. Als er die Hand vom Fensterrand losklammerte, spürte er ein Stechen wie von hundert Nadelspitzen. Das Gewicht der Hand schien schwer geworden, die Nerven wurden taub, er konnte die Finger nicht mehr krümmen, versuchte es mit der anderen; auch sie versagte. Nun hob er den Arm, neigte die Stirn und wischte den perlenden Schweiß mit der Seide des Ärmels ab. Leise rufend bat er zu halten. Der Wagen fuhr langsamer, verließ die Bahn und hielt.

Die Motorräder standen gleichzeitig, die Fahrer stellten den Lärm ab. Ernest und zwei Männer eilten herbei, die Tür wurde aufgerissen. Gregor winkte schwach ab, schob sich, sobald Ernest die Türe ganz geöffnet hatte, mit einem energischen Druck aus dem Wagen, taumelte und fand Halt an der Schulter der Männer. Nachdem ihn die Schwäche noch einmal heiß durchschüttelt hatte, kam er langsam zu Kräften. Er konnte die Augen wieder öffnen, allmählich ließen sich die Gelenke der Hand wieder bewegen. Er machte sich von den Männern frei und tat ein paar selbständige Schritte auf der Straße. Nach und nach fiel es ihm leichter, und auch die Gedanken wurden wieder lebhaft. Er entfernte sich, weiter und weiter, verließ die Straße, stieg über den Graben auf den seitlichen Hang. Die Straße hatte hier das Gebirge verlassen; es gab nur noch ein paar Hügelausläufer, mit Gras und Ölbäumen bewachsen. Einen der Ölberge bestieg er. Mühelos ging er dahin, begann nun die Wärme der Sonne wieder zu lieben, und von der Höhe des Hügels, der gegen Nordosten kahl war, hatte er eine gute Sicht. Dort lag Rom; das ganze Land lief wie eine nach innen gestrebte Scheibe

darauf zu, an deren Rand, wie am abgestumpften Rande der Welt, die erloschenen Krater des Gebirges lagen.
Graues, verdörrtes Grün herrschte vor, und am Kraut und Gras, am Sand und Stein, an den harten, verknoteten, knorpligen Ästen und Stämmen der Ölbäume streifte das weiße Gewand des Papstes. Schon sah er seine Beschützer, sah er die Männer und Maschinen nicht mehr. Das Ohr unterschied die Laute seiner Fahrer nicht mehr von den wie Lerchenflug und -gesang überall aufsteigenden Rufen und Gesprächsfetzen der Bauern. Er war abseits vom Wege, abseits von seinem Amt. Nie war Rom, wo ihn seine Kardinäle erwarteten, ferner gewesen als in dieser Stunde. So fern wie einst im Burgunder Kloster, so fern wie einst im Baskenland, als er sich einmal auf dem Schulweg im weißen Sand des Strandes verlaufen hatte, wo das Rauschen des Meeres das von der Musik trunkene Ohr des Knaben betörte.
Im Hintergrund stand das rotbraune Gebirge der Pyrenäen, nicht wie hier die Kraterberge verloren am Rande der Welt, sondern wie das wirkliche Ende der Welt, wie der Riegel, der alle sichtbare Welt, die hinter den Bergen lag, absperrte. Das Auge fand keinen Durchlaß, keinen Taleingang, nicht die Rinne einer Schlucht, durch die eine Nadel gegangen wäre. Doch nahe war das offene Meer. Der Knabe fand eine Muschel und legte sie

in seine Hand. Mit ihr wollte er wie einst jener Knabe, den Augustinus am Strande gefunden hatte, das Meer ausschöpfen. Die Wellen zogen herbei, immer mehrere Wogen zugleich liefen auf das Ufer zu und bedeckten es weit. Ihrem Schwall konnte der Junge nichts abgewinnen, denn sie übersprühten den Leib und verdeckten die Sicht. Hilflos floh er jedesmal zurück. Es folgte stilleres Wasser, doch immer noch stark genug, die Beine bis zu den Knien zu bedecken; und wenn er hastig mit dem gewonnenen Gut zurücklief, holte ihn die Brandung wieder ein.

Er vergoß das Naß, die Mühe drohte langwierig zu werden. So stand er prüfend und blickte in den zischenden Gischt. Er maß mit den Augen ab, wie weit die Zungen der Brandung den Strand hinaufleckten, höhlte Löcher in den körnigen Sand, den Strand entlang. Sobald nun die Brandung kam, der Gischt vorlief und wieder zurückfloß, blieben Wasserlachen in den Mulden zurück. Der Knabe verband sie alle miteinander und leitete Kanäle ins Hinterland. Darin floß das Meer ab. Doch wie er nun von dem einen zum anderen Bassin lief, hatten Sonne und Sand alles verzehrt. Da kehrte er zu seiner Muschel zurück, barg sie und setzte seinen Schulweg fort.

Schon der Knabe hatte stets die Kraft gefunden, sich selbst zurechtzuweisen, sich nicht im Weiten zu verlieren, so gern er sich ihm auch manchmal hingegeben hätte. Er liebte das bißchen Kraft, das er hatte, und war zu klug, es zu vergeuden. So fragte er sich, ob es richtig war, das Meer ausschöpfen zu wollen. Der heilige Augustinus hatte gewußt, daß es nicht möglich sei, als er den Knaben damit beschäftigt fand. Und Augustinus war ein weiser, heiliger Mann, dem man vertrauen konnte, der unwissenden Knaben die Mühe abnahm. Denn dazu sind die Heiligen da.

Als Gregor diesen Gedanken beendet hatte, sagte er sich, daß er in ein paar Stunden seinen Kardinälen gegenüberstehen würde.

Sobald ich ihnen meine Pläne verraten habe, werde ich mich ihnen gegenüber verantworten müssen. Habe ich mich auch wirklich nicht verrannt? Bin ich etwa vom einzig möglichen Weg abgekommen? Sind nicht andere Aufgaben dringender als die Heiligsprechung Johann Sebastian Bachs? Darf ich die Gemeinde damit aufhalten, daß ich mich mit dem Leerschöpfen des Meeres beschäftige? Der Plan der Kirche ist festgelegt. Es gibt Dinge, die notwendiger erscheinen, als dem bloßen Spielen Zeit zu opfern. Von nüchterner Folgerichtigkeit sind die beiden Prozesse, die das Konsistorium zur Zeit um die Heiligsprechung meines zweitletzten Vorgängers und jener deutschen Märtyrerin führt. Da haben zwei Menschen im Lichte der Gotteskindschaft ihr Leben in unermüdlicher Mühe, im unausgesetzten Gebet Gott

und der Kirche geweiht, die Gottes Leib, nicht Gottes Haus ist. Johann Sebastian Bach aber hat das Haus des Herrn mit Lob erfüllt, mit einem großen, schönen Laudate Dominum. Mehr nicht? Genügt es nicht? Nun, meinen Kardinälen sagen, daß auch die Musik dem Leibe Gottes gleich sei, das kann ich nicht. Und weil ich das nicht kann, werde ich nichts vermögen. Die Zeit ist noch nicht reif. Meine Gedanken sind nur Samenkörner, die der Wind verstreut, und Wellen im Meer, die keine Knabenhand zusammenballt.
Unter solchen Gedanken schritt Gregor vom Hügel herab und kam unterhalb der gewundenen Straße an ein Steinbrücklein, zu dessen Seiten das Rinnsal des Baches in ungebetteten Schleifen den Sand geglättet hatte. Vogel- und Kinderspuren, Krähenfüße und Ballen, Hacken und Zehen standen zierlich in den Sand gedrückt. Sie liefen in gerader Richtung darüber hin, zögerten am Ufer, wo sie sich unregelmäßig verteilten, dann setzten sie über und liefen drüben fort, den Hang zur Straße hinauf.
Da war die Nonne, deren Leben die Staatsmacht gewaltsam beendet hatte. Still hatte sie die letzten Jahre ihres Lebens im Kloster verbracht, nachdem ihr Lebenslauf wirr und bunt gewesen war, bis sie den Schleier genommen hatte. Unzählige Freunde waren die ihren gewesen, mit den Männern hatte sie in den Künsten und Wissenschaften gewett-

eifert. Schließlich hatte sie die Philosophie der letzten Jahrhunderte vorgetragen; denn vom Staat war sie eines Tages an die Universität gerufen worden und hatte den Auftrag angenommen. Später aber mußte sie erkennen, daß auch der Staat dem Menschen kein Leben in den vier Haupttugenden ermöglichen könne; er verschüttete vielmehr die Kräfte, die dem Menchen gegeben sind, um sie auf Gott zu richten. Sie gab die Stellung auf, mit der sie der Staat bekleidet hatte, verließ zugleich den Kreis der Freunde, der Künste, der Wissenschaft und ging an den Quell des reinen Wissens: der Lehre vom Wort des Herrn.
Alle, die sie verlassen hatte, Schüler und Freunde, folgten ihr jedoch und klopften an die Klosterpforte. Sie fanden Einlaß und Gehör. Die Ordensschwester mußte nun ihr Gesicht hinter Gittern verborgen halten und wurde von zwei alten Nonnen bewacht, deren Stricknadeln unermüdlich tickten, während die Besucher harrten und hörten. Sie wies keinen ab. Befragt, sagte sie nach bestem Wissen die Wahrheit. Dann folgte der Umsturz im Staat. Argwohn regierte. Die neuen Gewalthaber rechneten es den Kräften Gottes nachteilig an, daß sie bis dahin im Dienste des Staates gestanden hatten, des letzten, der abgetan und zerbrochen war. Noch immer, so fürchtete man, nahmen sie Einfluß: in Privathäusern, wo sie Schüler um sich sammelten, nachdem man sie von den öffentlichen

Lehrstühlen entfernt hatte; auf dem Theater, wo sie durch Schauspieler ihre Rollen verkörpern ließen; in Klöstern, wo in den tiefsten Winkeln, vor der Welt verborgen, die Wahrheit ihre Fäden spann. Und so holte man sie: Professoren und Dichter, Mönche und Nonnen und sperrte sie ein. Nicht alle, ein paar nur, ausgesuchte, von denen man sich durchschaut und zur Scham aufgerufen fühlte. Erhängte und verbrannte sie. Mitten im zwanzigsten Jahrhundert nach Christi Geburt, das auch ihn, Papst Gregor, geboren hatte. Zu den Opfern, die damals fielen, Männer und Frauen, Juden, Christen und Ungläubige, gehörte auch die Nonne, deretwegen Gregor heute zu seinen Kardinälen nach Rom fuhr. Sie war eine Heilige. Denn ihr war das Schicksal Gottes auf Erden zuteil geworden.
Das sollte heute in Rom besiegelt werden. Zur Weihnachtszeit sollte dann die Heiligsprechung sein. Der Weg der Kirche war ein gerader und stolzer Weg, der hinan zum Triumph des wiederkehrenden Christus führte. Schon standen die mächtigen Säulen zu seinem Thron. Und diesen ernsten Figuren am Altar der Kirche wollte Gregor den Künstler hinzugesellen. Auch ihn sollten sie unter die Heiligen zählen, um ihn zugleich mit den anderen zu verehren: Johann Sebastian.
Was würden sie sagen?
Gregor lenkte seinen Schritt zur Straße hinauf. Er

hatte sich ziemlich weit von seinem Ausgangspunkt entfernt. Oben, auf der Krümmung, harrten die Seinen.
Nun verzagte er selber. Es war vielleicht nur die Schwäche, die ihn im Auto überfallen hatte: aber er zweifelte. Er stellte seine Gedanken, seine Arbeit, die er bisher geleistet hatte, in Frage. Schon glaubte er, daß er in Rom nicht mehr die Kraft aufbringen werde, den Kardinälen seine Gedanken auszudrücken. Es würde so sein wie damals, als der Knabe verspätet ins Gymnasium kam und seinen Lehrern erklärte, er habe Besseres zu tun gehabt, als in die Schule zu kommen: am Strande hätte er die Stunden zugebracht, um mit einer Muschel das Meer auszuschöpfen. Ja, er habe sogar ein großes Kanalsystem angelegt und viel Arbeit sei aufgewendet worden, um das Werk zu vollenden. Dem Gelächter der Erwachsenen ausgeliefert, wurde er unter die Toren gezählt!
Gregor erreichte den Wagen. Die Männer standen wartend und sahen ihn fragend an. Sie wußten nicht, ob nach Rom oder zurück in die Berge. Gregor setzte sich in den Wagen und winkte mit dem Finger in die Richtung nach Rom. Da eilten sie an ihre Plätze, saßen auf und ließen donnernd die Motoren anspringen. Den beiden vorderen schloß sich der Wagen an, Ernest als Chauffeur; und Gregor, in die Polster zurückgelehnt, alle Kräfte wieder gesammelt und entschlossen, jede

neue Schwäche, auch die seiner Gedanken, zu unterdrücken, fuhr gegen Rom. Eine halbe Stunde später hielt er unter dem aufmerkenden und jubelnden Volk Einzug in die Straßen der Ewigen Stadt.

Sie wußten, daß der Papst nach Rom käme. Heute war der Tag des heiligen Augustinus, heute feierte der Papst seinen eigenen Geburtstag. Um die Huldigung seiner Kardinäle entgegenzunehmen und sich zugleich mit ihnen zu beraten, kam er nach Rom. Eine große Zahl von Würdenträgern hatte am frühen Morgen den Vatikan aufgesucht. Ein Wagen nach dem anderen kam, als letzter fuhr der Wagen des Papstes, eskortiert von vier schwarzen Motorradfahrern, vorüber an den Stufen von Sankt Peter in den vatikanischen Hof. Gruppen von Zuschauern hatten sich vor dem Eingang auf den Treppen des Domes versammelt. Sie sahen die Wagen kommen, in denen die Kardinäle und Bischöfe, die Äbte und Patriarchen gebracht wurden, um den Heiligen Vater an seinem Geburtstag zu begrüßen. Wenn ein Auto vorbei war, warteten sie geduldig auf das nächste, das vielleicht zehn Minuten auf sich warten ließ. Dann wußten ein paar Leute sogar die Namen der Personen zu nennen, die zu dritt oder viert in den kleinen oder größeren Wagen vorüberfuhren. Manch einer der Würdenträger saß allein, bequem zurückgelehnt hinter seinem Chauffeur. Da kamen Weißbärte und glatte Gesichter, der kahlgeschorene Kopf eines Benediktinerabtes und der ähnlich dem Papst in Weiß gekleidete Abt eines Zisterzienserklosters, Patriarchen der östlichen Kirche, violette Bischöfe, purpurne Kardinäle. Europäer, Amerikaner, Asiaten. Was an wichtigen Männern der Kirche zur Zeit nur in Rom war, hielt Einzug in den Vatikan. Dazu die Gesichter aus der römischen Bürgerwelt: Präsidenten, Bürgermeister, Leute aus dem Adel, die von altersher Zutritt zum Vatikan hatten: Verwandte von Kardinälen, Diplomaten mit ihren Familienangehörigen. Und das alles fuhr nach der Feier wieder davon, während die übrigen in den Gerichtshof zogen, um geduldig auf das Wort des Papstes zu warten.

12

Ein ereignisreicher Festtag, der Geburtstag des Heiligen Vaters. Halb machten die Theologen Gregor ein Geschenk, halb Gregor seinen Theologen. Der Erfolg des Prozesses aber war eine Frucht des Heiligen Geistes: der vorletzte Papst und die Nonne Gertrud sollten heiliggesprochen werden. Gregor bestätigte den vom Advokaten des Himmels gewonnenen Doppelprozeß und sagte danach zu seinen Theologen: »Die Mühe hat gelohnt. Es war ein langwieriger Weg, die Klienten, heilsame Beispiele für jedes gläubige Leben, vor unseren Kindern glücklich und heilig zu preisen. Gedenken wir doch noch einmal all der Mühen, welche die heiligen Menschen zu ihren Lebzeiten auf sich genommen haben. Oft habt ihr Uns bedrängt, in die beiden Prozesse einzugreifen, das endgültige Wort zu sprechen und eure Ratschlüsse zu bestätigen. Unser Zögern war euch ein Stein des Anstoßes: doch seien wir ehrlich und prüfen wir einmal unsere Gefühle: müssen wir da nicht eine große Scheu empfinden, das Leben dieser von Gott begnadeten Menschen zum Gegenstand

eines so komplizierten und so grandiosen Prozesses zu machen, wie er seit altersher in der heiligen Kirche vorgeschrieben und gebräuchlich ist? Da lagern in unseren Bibliotheken zentnerweise die Akten von Heiligsprechungsprozessen. Man sollte meinen, das Himmelreich seien Stöße von Papier. Und das sollte doch nicht sein ...«
Papst Gregor unterbrach sich. Vor ihm standen seine Ratgeber, die sich, als der Heilige Vater in den Saal getreten war, von ihren Plätzen erhoben hatten. Gregor stand seitlich neben einem Lesepult und benutzte die Pause, um mit einem goldenen Hämmerchen das Zeichen zum Niedersitzen zu geben. Einmal klopfte er auf das Pult: Schöffen, Kläger, Ankläger, Anwälte, Verteidiger, Zeugen saßen nieder. Viele waren in der Tracht der höheren und höchsten Würden; aber auch zahlreiche Mönche gab es. Die Zuschauerbühne war angefüllt von geistlichen Geburtstagsgästen und den Beamten des Vatikans. Kardinäle, einige Ausländer darunter, die zum heutigen Feste nach Rom gekommen waren. Und all diese Gesichter sah Gregor plötzlich vor sich, und es war, als ob ein Schleier von seinen fast unbeteiligt über die Köpfe der Theologen hingleitenden Augen fiel. Er sah ein Lächeln über ihre Mienen laufen, spürte bei vielen eine kalte, fast eisige Neugier, und ihre Augen blickten ihn forschend an ...
Fast verwirrten sich seine Gedanken, als ihm, aus-

gelöst durch seine eigenen Worte, bewußt wurde, daß er nun diesen langwierigen, anstrengenden, an Lust der Logik und Dialektik nicht zu überbietenden Prozessen einen ähnlichen, ja weitaus schwierigeren um Johann Sebastian Bach folgen lassen wollte. Wertlose Stapel von Akten würden am Ende das Gegengewicht bilden zu dem Turm der Notenhefte, der Werkbände, in denen der ungeteilte Himmel der Bachschen Musik aufgezeichnet stand. Waren aber schon diese vergänglichen Hefte, so sagte sich Gregor, im Himmel unnötig, da dieser des Papieres nicht bedurfte – denn alle Musik war in den Köpfen der Engel verzeichnet, die sie Tag und Nacht vor Gottes Thron spielten –, wie mußten es dann erst die Akten aller Heiligsprechungsprozesse sein. Sie waren ein schlechter Ersatz für das Gedächtnis Gottes: im Himmel wurde nicht prozessiert.

So also, schloß Gregor plötzlich, sah das Werk des Heiligen Geistes aus: ein Prozeß mit Buch- und Aktenführung wie an jedem weltlichen Gericht.

Würde so das Jüngste Gericht sein?

Er glaubte es nicht.

Dann würde Er wiederkehren und wie ein Prüfstein sein, und alle werden niederfallen, werden sich abwenden, weil sie seine Klarheit nicht ertragen; oder aber sie werden dastehen und ihn aushalten; und diese letzteren werden die

Gerechten sein. Werden die Rechten sein von allen Gerichteten.
Papst Gregor schloß die Augen, ehe er seine Rede fortsetzte.
Noch zögerte er. Als er aufblickte, sah er wieder die Gesichter der Theologen, groß und nah, alle auf sich gerichtet, neugierig, spöttisch, erwartungsvoll. Er sah einen um den anderen an. Viele schlugen die Augen nieder, andere blickten ihn fragend an, aber mit entschlossenem Ausdruck. Es schien eine Herausforderung zu sein, und er fühlte sich aufgefordert zu sprechen. Aber er zauderte.
In diesem Augenblick trat der junge venezianische Patriarch aus den Reihen der Gäste hervor, begab sich zum Heiligen Vater und neigte den Kopf an sein Ohr.
»Man wartet auf die Erklärung, Heiliger Vater. Schon seit einigen Tagen hat das heilige Offizium genaue Kenntnis von den Vorgängen in Castel Gandolfo. Wir bitten darum Eure Heiligkeit, nicht zu zögern . . .«
Der Patriarch trat zurück. Gregor senkte den Kopf, nahm die Hände über der Brust zusammen und blickte um sich. Bevor er weitersprach, gingen ihm noch einmal blitzschnell alle Gründe durch den Kopf, die ihn bewogen hatten, den Künstler Johann Sebastian Bach von einem kirchlichen Gerichtshof heiligsprechen zu lassen. Da waren zunächst jene Stimmungen gewesen, in denen er

Johann Sebastian Bach als Heiligen angerufen hatte. Langsam hatte der Gedanke Gestalt angenommen, war zu Klarheit gelangt, wie ein Gegenstand, den man sichtbar machen kann. Dann hatte er die Lutheraner, deren auch Bach einer war, zu sich geladen. Sie waren gekommen. Gespräche und Reden folgten. Ganz zuletzt das Zögern. Doch neue Hoffnungen schlossen sich an und endlich die drei Beweggründe des Nützlichen: Der Menschheit ein Beispiel aufzustellen, den Künstlern, indem man ihnen den Ausgangspunkt zeigte, eine Richtung zu geben, die sie verlassen hatten, und die Vereinigung der getrennten Kirchen vorzubereiten. All das konnte nur ein schwacher Beginn sein. Alles war nur vorläufig, selbst Bach; denn nicht er konnte aus eigener Kraft seinen Werken ewiges Dasein verleihen; Gott selber mußte sich ihrer annehmen, und hatte es bereits getan. Also durfte Gregor sprechen, durfte sagen, was es ihn zu sagen verlangte. Ja, er mußte: wenn er auch gewiß war in der Überzeugung, daß es den Stern Bachs nicht klarer zeigen konnte, wenn man ihn zum Prozeßgegenstand der heiligsprechenden Kirche machte. Jetzt hatten sie selber ihn zum Reden gezwungen; der Stein war ins Rollen geraten. Das Wort aber, das er aussprechen wollte, war rein und wahr, es war tatsächlich und nicht umzustoßen; niemand würde es gefährden, ja zerstören können, mochte selbst Gelächter die Folge sein. In diesem Augenblick, bevor er die Stimme erhob, sagte sich Papst Gregor, daß es im Grunde eines Prozesses gar nicht mehr bedürfe: sein Wort, laut und klar ausgesprochen, genügte, um wirklich sein zu lassen, was bis da gefangene, schwebende Idee gewesen war. Mit dem ausgesprochenen Wort war es geschehen.

Aber dann sprach Gregor, schnell, sicher, ohne sich zu unterbrechen, mit klar artikulierender, deutlicher Stimme. Die Augen hinter den starken Brillengläsern sahen groß und starr in eine Richtung, zwischendurch aber gerieten sie in lebhafte Bewegung und liefen über das Auditorium hin; sie blieben an dem undurchdringlichen Blick eines Theologen hängen und brachten ihn in Verwirrung, wanderten langsam in die Ausgangsrichtung zurück, gleichsam aus der Ferne die Gedanken und Gefühle herbeizuholen, die er mit großer Eile in das gesprochene Wort umwandelte.

Papst Gregor sprach von der Kunst und davon, welche Anteilnahme sie einst am Großwerden der christlichen Kirche genommen hatte. Noch bevor er auf sein eigentliches Thema kam, worauf die Eingeweihten im Saale voll Ungeduld warteten, beschwor er den Geist Philipp Neris, des Heiligen. Auch er ein großer Künstler vor der Welt und vor dem Herrn, der erfüllt war von der großen Heiterkeit; der nicht in starker Verzweiflung um Gott gerungen hatte, sondern in seiner den Werken

des Herrn eingeordneten Menschlichkeit sicher wußte, daß ihn Gott von Jugend auf erfreue.
Er beschwor den Geist Fra Angelicos; und schon ahnten auch die Uneingeweihten, daß der Heilige Vater mit seiner klar aufgebauten, tiefgründigen Rede eine Überraschung vorbereitete, die geeignet sein würde, ihren Widerstand herauszufordern. Die anderen aber sahen ihm offen ins Gesicht. Für sie bedeutete diese Rede schon nicht das Ärgste mehr; die Überraschung war bereits vorweggenommen. Mit Spannung warteten sie nur darauf, daß der Heilige Vater den Kern seiner Gedanken aussprechen würde, genau so wie er es vor den Lutheranern getan hatte. Einige aber spürten Abneigung und diese würgte in den Kehlen. Am liebsten hätten sie den Saal verlassen, um zu ihren Ämtern zurückzukehren. Und sie sagten sich, daß es ihr gutes Recht sei, selbst einen Mann wie den Heiligen Vater auf seine Irrtümer hinzuweisen. Aber sie ließen den Papst reden und schwiegen.
Gregor spürte den großen Unterschied zwischen dieser Stunde und jener letzten in Castel Gandolfo, als er zu den Lutheranern gesprochen hatte. Der stillen, geistigen Atmosphäre dort war hier ein Teil kräftiger Sinnlichkeit beigemischt. Nein, hier saßen keine nüchternen, schwarzgekleideten Nordländer vor ihm, sondern seine Kardinäle, Bischöfe und Prälaten in Violett, Rosa und Purpur. Mannigfaltig und unterschiedlich war der Aus-

druck der Gesichter. Da gab es die grauen Augen des Kardinal-Staatssekretärs Hopkins. Er zeigte dem Papst sein offenes, unruhiges Antlitz, zuweilen wandte er es, und Gregor sah das schöne, gefestigte Profil.
Da leuchtete der blonde Kopf eines Iren, das weiße Haar eines Spaniers, und unter den Bischöfen waren sogar zwei Asiaten, ein Inder und ein Chinese, der, seines Landes verwiesen, seit Jahrzehnten in Rom lebte. Dann gab es die Prälaten, von denen einige den Papst täglich umgaben, als Kämmerer, Ökonomen, Bauherren und in manch anderer Eigenschaft, Deutsche und Italiener. Schließlich war sein Beichtvater zugegen, jener französische Mönch, der seinerzeit zur Beruhigung der Kardinäle auch in Castel Gandolfo mitgewirkt hatte und in die Pläne des Papstes längst eingeweiht war. Diesen Fronten also, im Gerichtssaal verteilt, sah sich der Papst gegenüber. Er stand vor ihnen, einmal jener, einmal dieser Gruppe zugewandt. Er hatte die Hände an die Brust genommen, ballte sie manchmal leicht, und man konnte sehen, daß sie zitterten. Er lächelte nicht.
Er hatte bereits eine Viertelstunde gesprochen und war fast zu Ende mit dem ersten Teil seiner Ausführung, dem ein zweiter mit dem eigentlichen Bekenntnis unmittelbar folgen sollte, als unter den Zuschauern Kardinal Platoni die Hand hob und

den Papst unterbrach. Gregor schwieg sofort und nickte fragend. Platoni trat hervor und begab sich an Gregors Seite. Er sprach flüsternd. Zugleich ging eine aufatmende Bewegung durch die Versammlung.

»Heiliger Vater«, sagte Platoni. »Gewiß wäre es das beste, hier zu schließen und die Besprechung im engsten Kreise fortzusetzen. Noch wissen die wenigsten um die Gedanken Eurer Heiligkeit, noch ist es nicht zu spät, das allzugroße Aufsehen zu vermeiden, welches die kaum durchführbaren Pläne unseres Heiligen Vaters auslösen würden.«

Noch verwirrt, da man ihn mitten im großen Zug unterbrochen hatte, blickte Gregor hilflos auf. Er sah sie, einen um den anderen. Sein Blick suchte die Freunde. Hopkins' Antlitz blieb unverändert. Sein Beichtvater aber, der französische Benediktiner, winkte lächelnd. Der venezianische Kardinal folgte. Er saß ihm am nächsten, unverdeckt auf der vordersten Bankreihe. Da löste sich mit einem Male der gespannte Gesichtsausdruck des Papstes, und sein Mund zeigte einen Anflug von Lächeln. Sich zu Platoni zurückwendend, schüttelte er den Kopf, wies ihn auf seinen Platz zurück und sagte, kaum daß jener wieder saß: »Wir selbst haben Uns zu dieser Entschlossenheit herausgefordert. Unser Werk ist bereits so weit gediehen, daß von einer völligen Unmöglichkeit der Erfüllung Unseres Wunsches ebensowenig die Rede sein kann wie vom sicheren Gelingen. Das Ergebnis aber stellen Wir einzig diesem hohen Gerichtshof anheim, dem Wir hiermit unseren Mandanten übergeben möchten: den Menschen *und* Künstler Johann Sebastian Bach.«

Alles schwieg. Langsam wurde ein Murmeln und Flüstern laut. Aber niemand wagte es, mit dem anderen zu sprechen. Viele murmelten Worte und Laute für sich, andere schüttelten den Kopf, die meisten blieben unbewegt. Gregor nahm das goldene Hämmerchen, pochte damit auf das Pult, so daß sie aufstehen mußten. Der Papst hob leicht die Rechte, sprach die Formel und erteilte ihnen den Segen. Dann wandte er sich und ging.

Noch am selben Tag, bevor Gregor in die Albaner Berge zurückfuhr, suchten ihn die Getreuen auf. Zuvor aber erschien Platoni, als erster stand er mit verschlossner, fast finsterer Miene vor dem Pontifex, der glaubte, einen Anflug von Entrüstung in den Augen des Kardinals zu sehen.

»Nun, mein Sohn?« fragte Gregor.

Er lächelte wieder, obwohl er mit dem Besuch keinerlei Hoffnung verknüpfte. Er deutete es sogar als böses Zeichen, daß gerade dieser Mann als erster kam, den er vor einer Stunde, als er von ihm in der Rede unterbrochen worden war, abgewiesen hatte. Der Papst hatte, da noch niemand von seinen Freunden zu ihm gekommen war, bisher keinerlei Zuspruch von außen erhalten, stand also auf sich allein gestellt vor dem einflußreichsten Mann der Kirche.

»Welch starke Worte haben Wir zu erwarten?« fragte Gregor.

»Ich habe keine Worte, Heiliger Vater. Wohl niemand hat Worte in dieser Stunde. Keiner vermag, seinem Erstaunen, ja seiner Fassungslosigkeit Ausdruck zu vergeben.«

Gregor erkannte, daß sich der Kardinal in einer wirklichen Bedrängnis befand, aus der es ihm unmöglich schien, sich zu befreien. Das Sprechen schien ihm schwerzufallen, den Blick hatte er zur Seite gerichtet; und so standen sich die beiden hilfslos gegenüber. Schließlich fand der Papst ein gütiges Wort. Er lächelte, Platoni sah seine Augen hinter den starken Gläsern groß und kindlich. Gregor sagte: »Lassen Sie sich nicht entmutigen. Wir haben allen Grund, viel mutloser zu sein. Doch wollen Wir nichts Unmögliches und werden von Stund an alles den fähigeren Männern des heiligen Offiziums überlassen...«

Platoni ging. Bald nach ihm erschienen freundlichere Gesichter. Gregor empfing sie erregt: den Venezianer, einen holländischen Erzbischof, seinen Beichtvater, zuletzt Hopkins, den Staatssekretär. Sie wünschten ihm Glück, sprachen ihre Bereitschaft aus, zu schlichten und zu helfen. Schon standen, sagten sie, viele auf der Seite des Heiligen Vaters. Sie ahnten den begehbaren Weg, der nach der Heiligsprechung Bachs und seiner Musik vielleicht zur Vereinigung der getrennten Kirchen führen könnte.

»Ein Fest des Friedens und der Freude wollen Wir stiften«, sagte Gregor, »mehr wagen Wir nicht zu erhoffen. Zunächst aber bedarf es der Freunde.«

Und er fragte: »Wie denkt der Gerichtshof?«

Hopkins gab Antwort.

»Beamte«, sagte er, »die das Verfahren gewissenhaft eröffnen werden, wie man es ihnen befiehlt. Schon sind sie dabei, die Advokaten zu wählen. Ich habe vor etwa einer Stunde noch einmal den Wünschen unseres Heiligen Vaters Nachdruck verliehen, habe die offizielle Bedeutung seiner Kundgebung bestätigt...«

»Und Sie?« fragte ihn Gregor, sobald sie allein waren, »Sind Sie wirklich völlig frei von jeglicher Verdächtigung Unseres Wunsches?«

Hopkins senkte den Kopf und schwieg. Nachdem er eine Weile wie ein Schuljunge auf die Unterlippe gebissen hatte, sagte er, indem er zur Seite sah: »Auch ich glaube, daß Bach im Himmel ist...«

»Aber?«

»Ob es aber...«, der Kardinal stockte, fuhr dann vorsichtig tastend fort: »Ob es nun aber unbedingt notwendig ist, einen üblichen, komplizierten, Nerven und Streit kostenden Prozeß um diesen

eindeutigen Künstler anzustrengen, wage ich nicht zu behaupten.«
Gregor blieb ihm die Antwort schuldig. Erst später, als sie beide auf dem Weg in die Berge waren, sagte Gregor: »Es war der einzige Weg.«
Diese ersten Zustimmungen aber hatten genügt, um Gregor Worte eines Dankgebetes für diesen Tag finden zu lassen. Er sprach sie am Abend. Sein Geist und seine Seele waren von ihnen erfüllt, während er sich im schnellen Wagen, von vier donnernden Motorrädern eskortiert, durchs verdämmernde Land der Campagna fahren ließ. Heute abend bereitete ihm der zitternde Wagen, machte ihm das Steigen und die Bewegung auf den Serpentinen der Berge keine Mühe. Gefühl um Gefühl ging durch ihn hindurch; Gedanke auf Gedanke erfüllte ihn; ein einziges Gespräch mit dem Mund oder dem Ohr der Allmacht war in ihm, und er nährte es, bis der Wagen das Ziel erreicht hatte. Dann floh er hastig über den Hof und versank in der düsteren, nur von wenigen Kerzen erleuchteten Kapelle in ruhige Meditation – und blieb sehr lange.

13

Drei Gruppen hatten sich gebildet, die den Plan Gregors diskutierten. Die Anhänger der Parteien besprachen sich, arbeiteten für oder gegen den Papst, während Gregor weiterhin in Castel Gandolfo lebte, um Sommer und Herbst zu Ende gehen zu lassen. Seine Freunde trafen sich in Rom. Regelmäßig kam Staatssekretär Hopkins in die Albaner Berge und erstattete dem Papst Bericht, oder Ferngespräche gingen hin und her.
Ein wunderlicher Streit war ausgebrochen, in Rom, in den Klöstern diesseits und jenseits der Alpen, an den verschiedenen Musikstätten Europas, an den Akademien und Universitäten. Begeisterte Männer setzten sich in Schriften für die Verwirklichung des päpstlichen Gedankens ein. Schon hatte er viele Freunde, aber im gleichen Maße verdoppelten sich auch seine Feinde. Sie hofften, daß Gregor das Gespräch plötzlich beenden werde, sobald nur der Funke zum Feuer, die Diskussionen zum Streit zu werden drohten; denn Streit hatte er stets gemieden.
Aber alle Zusammenkünfte der einzelnen Partei-

gänger waren vorläufig noch geheim, ihr Ergebnis drang nicht nach außen. Die ältesten Theologen scharten sich hauptsächlich um Kardinal Platoni. Sie waren auf die unbedingte Tradition eingeschworen, mit der die Kirche so wunderbar durch die geschichtlichen Wirren der letzten hundert Jahre gekommen war. Auch ein paar Junge fanden sich, doch sie schwiegen meist und äußerten sich nur in geringem Maße. Sie schienen sich vorerst noch im Hintergrund halten zu wollen, standen allerdings Platoni näher als Hopkins und dem Beichtvater des Papstes, denen sie lediglich eine skeptische Aufmerksamkeit schenkten. Allgemein erwartete man sich jedoch von diesen Jungen auf beiden Seiten etwas und umwarb sie. Platoni war unermüdlich im persönlichen Gespräch und im Einsatz seiner fest ausgebauten Meinung, die sowohl in der scholastischen Theologie als auch in der Wirklichkeit der Kirchengeschichte fundiert war, wo man ja nie ein Nachgeben gekannt hat.
Die Anhänger des Papstes warben in Schriften, künstlerischen, kritischen und wissenschaftlichen, warben aber vor allem mit der Gestalt des Heiligen Vaters. Das wurde zwar nicht ausgesprochen, aber sein Bild stand da – als Lehrer wirkte auch er vor allem auf die Jungen. Er hatte im Laufe der Zeit eine Reihe von Kardinälen ernannt, darunter manchen Jüngeren. Und so war man auf seiten des Papstes sicher, daß man auch sie eines Tages

gewinnen werde, mochten sie vorläufig noch auf Platoni hören.
Platoni war der älteste römische Würdenträger und hatte eine viel längere römische Erfahrung als der Heilige Vater oder sein Staatssekretär. Zwar sah Platoni mit der Zeit einige seiner Anhänger wieder abfallen und sich zu Gregor bekennen, doch waren es längst nicht genug, ihn selber zu schwächen. Er schien der Stärkere. Beide, Hopkins und Platoni, versuchten, Einfluß auf den Gerichtshof zu nehmen, der bereits an der Arbeit war.
Der Advocatus Diaboli stand auf der Seite von Kardinal Platoni. Material wurde beschafft, um eine Heiligsprechung unmöglich zu machen. Der Gerichtshof arbeitete trotz aller Beeinflussungen exakt, jedoch langsam und ohne viel innere Anteilnahme. Der Advokat des Himmels, zu dem der venezianische Patriarch bestellt wurde, war noch gar nicht in Erscheinung getreten, doch ließ er Männer durch Deutschland reisen, Mönche, Musikwissenschaftler aus verschiedenen kontemplativen Klöstern Europas, die den Spuren Johann Sebastian Bachs folgten. Sie fanden Aufnahme in protestantischen Pfarrhäusern, hatten Zutritt zu den Bibliotheken. Eine Empfehlung des Hamburger Bischofs schaffte ihnen überall Freunde; wo man den Gedanken des Papstes nicht ablehnend gegenüberstand, waren sie gern gesehen. Sie

arbeiteten in Thüringen, Sachsen und Niederdeutschland. Sie kamen nach Ohrdruf, wohin das Kind gezogen, nach Lüneburg, wohin der fünfzehnjährige Schüler gewandert, nach Hamburg, wo der Jüngling zu Jan Adam Reinken, dem greisen Orgelmeister, gepilgert war, nach Lübeck, wo Dietrich Buxtehude an Sankt Marien gewirkt hatte. Nach Weimar, Arnstadt und Mühlhausen, wo er Geiger, Organist und Konzertmeister gewesen war. Als Kapellmeister war er in Köthen gewesen, als Thomaskantor in Leipzig. Hier war er gestorben, und man hatte ihm den Grabstein verweigert. In Leipzig waren zwei Mönche, Organisten süddeutscher Benediktinerklöster, bei der Arbeit, aus dem Werk Johann Sebastian Bachs ein katholisches Geschlecht herauszufinden. Da gab es genug: stille Präludien, demütige Fugen, Choralvorspiele, die einzig in Kirchenräumen der Ewigen Anbetung sinnvoll erklingen konnten. Dann die große Theologie der Hohen Messe, deren Credo, zwar aus der Einsamkeit des Priesters erlöst und von den Stimmen vieler gesungen, davon jede wiederum ein Priester ist, gregorianisch anhebt. Worin er das Knie mit der ganzen römischen Gemeinde beugt und in dem Christus mit der größten Pracht und Macht aufersteht, von jubelnden Engeln umgeben, deren Stimmen wie flammende Schwerter erklingen zu dem einzigartigen Fest der einen Kirche, nachdem der Tod besiegt ist

– nur noch überstimmt, überjubelt, übertroffen von dem gemeinsamen Leben der zukünftigen Welt. Und worin Bach, ganz in der Sicherheit des Glaubens, dem Heiligen Geist die lieblichste, gefühlvollste Melodie unterlegt...
An diesem unerschöpflichen Geschlecht arbeiteten die vom Papst selber auserwählten Helfer des Advokaten des Himmels. Ernsthaft und still, unterstützt von der dritten Gruppe, den evangelischen Theologen, die Gregor im Sommer gewonnen hatte.

Die Lutheraner trafen sich zum zweiten Male in Wiebrechtshausen, dem ehemaligen Klostergut im Harz. Diesmal kamen auch die Vertreter der anderen protestantischen Kirchen, die damals dem Rufe nicht gefolgt waren: die Reformierten, Pietisten, Kalvinisten, Pietisten, Hugenotten.
Es war Herbst. Das Kloster lag bereits ohne den dichten Laubschutz an der Straße, die von Northeim nach Seesen führt. Wagen standen an der Straße und auf dem Hof, aus Deutschland, aus dem Ausland. Amerikaner gab es, Südafrikaner, Schweizer, Australier, Arme und Reiche. Der Gutshof konnte die Gäste nicht alle beherbergen. Abends fuhr ein großer Teil der Männer in die nahe Stadt zurück. Die Tagung währte nicht lange. Als sie zu Ende war, blieben jene zurück, die im Sommer in Italien gewesen waren. Sie hatten sich

von neuem zu entscheiden. Schnell hatte die Mehrzahl der Versammelten die Pläne des Papstes für undiskutierbar erklärt, sie sprachen von einer ungerechten Aneignung Bachs durch die Katholiken, und selbst Anhänger der Bachschen Kunst, ein paar bekannte Musikwissenschaftler innerhalb der evangelischen Kirchen, fällten den Spruch, Bach sei nicht nur ein protestantischer Kirchenmusiker gewesen, sondern auch ein protestantischer Theologe, eingeschworen auf die Theologie seines Ahnherrn Martin Luther...

»Nicht bevor sie auch Martin Luther heiliggesprochen hat, kann die römische Kirche irgendeinen anderen evangelischen Christen, kann sie Johann Sebastian Bach heiligsprechen.«

Das war ein ernstes Wort, ein Schlag für Hammerschmied und seine Freunde, ein Schlag auch für den Papst. Es drang an die Öffentlichkeit, Tage, nachdem es ausgesprochen war. Die Urheber selber sorgten dafür. Sie verließen Wiebrechtshausen, fuhren sicheren Gefühls und in dem Bewußtsein, sich richtig entschieden zu haben, an ihre Amtsstätten zurück. Der kleine lutherische Kern blieb jedoch, um ein Mittel zur Schlichtung zu finden. Schon hatten sie sich mit dem Gedanken Gregors vertraut gemacht. Ja, sie sahen mit Freude seiner Verwirklichung entgegen. Wie schwer war es ihnen selber gefallen, sich mit den Überlegungen Gregors vertraut zu machen. Fast unmöglich schien es, seinen Gedanken in der letzten Konsequenz zu erfassen; und doch hatte man ihn sich allmählich zu eigen gemacht. Noch hatte niemand eine rechte Vorstellung davon, wie man sich der von Gregor vorbereiteten Stunde gewachsen zeigen sollte, doch waren sie alle willens, sich mit Gregor zu vereinen, seinen Plan zu verwirklichen. Man vertraute auf die eigene Kraft, und fast war der einzige Grund zu alle dem die Freude...

Hammerschmied und seine Freunde blieben in Wiebrechtshausen; die Männer berieten sich im Innern des Hauses, während der Wind die Blätter von den Linden und Buchen streute. Sie gingen in den herbstlichen Park, lehnten an der noch warm besonnten Mauer der kleinen Kirche, wo es windstill war; aber sie fanden, so schwer sie sich die Sache auch machten, keinen Weg. Die Vertreter der Weltkirche, so hatte es die große Synode beschlossen, sollten erst dann einberufen werden, wenn man in Rom zu einem guten Ende gekommen wäre. Sie waren aber überzeugt, daß dies nie geschehen werde; so viel Vertrauen setzten die meisten evangelischen Theologen in die Zähigkeit der katholischen Kirche...

Ehe sie aber auseinandergingen, feierten die Lutheraner einen Abschiedsgottesdienst, um ihre Gedanken im Gebet noch einmal fest auf den Plan Gregors zu sammeln. Dann schickten sie einen Brief an den Papst, um ihm zu sagen, daß seine Hoffnungen auch die ihren seien.

Ob der Verehrungswürdige wohl noch immer sein heiteres Lächeln trug?
Gewiß, denn es war ihm gelungen, Freude in die Herzen seiner Freunde zu senken. Schon wuchs die Zahl derer, die zu ihm hielten. Auch die jüngeren Kardinäle bekannten sich zu ihm. Auf sie aber hatten die Gegner zunächst ihre größte Hoffnung gesetzt.
»Wie konntet ihr!« sagte Gregor lächelnd.
Platoni sah seine Front schwächer werden. In Rom selber übte das rührend feine, meist heitere Gesicht des Papstes seine Wirkung auf alle die aus, die ihn häufig sahen. Das Schlagwort UNA SANCTA fiel. Gespräche und Schriften liefen unter diesem Thema. Und wenn auch Platoni kein Gegner der Vereinigungsbewegung war, so sagte er doch: »Nicht auf diese Weise ...«
Wie sehr muß dieser Kardinal also eine Gefahr geahnt, befürchtet haben, wie sehr war er von der Unerhörtheit der unstatthaften Vorbereitungen des Prozesses überzeugt. Schon mußte er erste Konzessionen machen, mußte nachgeben – etwa, als der Termin zur Heiligsprechung der Nonne Gertrud und des vorletzten Papstes auf das Osterfest verlegt wurde. Gregor hoffte, bis dahin seinen Prozeß gewonnen zu haben. Wie sehr muß dieser

Kardinal, der unter den Kardinälen, die unmittelbar Zutritt zum Heiligen Vater hatten, der einzige Gegner blieb, ja wie sehr muß Platoni überzeugt gewesen sein von seinem Recht, von seiner Meinung und ihrer hohen Verantwortung, daß er eines Tages zu einem seiner nächsten Freunde, Monsignore Mancini, dem Advokaten des Teufels, jenes Wort sagen konnte, mit dem er seine letzte Hoffnung verband: nämlich daß Gregor nicht mehr lange leben werde.
Zum ersten Male in seiner Regierungszeit hatte der Heilige Vater einen Arzt ständig in seine Nähe genommen.

14

Im Süden zerrte der Herbst keine Blätter von den Bäumen. Er spann silberne Fäden, der Abend vergoldete sie; er war der Ernte ein Fest, und die Früchte nahmen kein Ende. Noch füllten Melonen und Trauben die Körbe. Und mitten im Lebenskreis des Jahres lag der Wohnsitz des Papstes. Ein Sommerhimmel stand über Castel Gandolfo, Gewitter ballten sich, der Brand des Meeres glühte im Gewölk, manchmal zog gegen Abend ein kühler Hauch in die Täler, kam von den Bergen herab, und man sah, daß es Herbst war: lange Schatten warf die Sonne, früher von Tag zu Tag, langsam neigte sich der Nachmittag mit seinen Farben; doch in die Haine der dichten Eichenbäume trat ein Dämmerlicht, der Nacht gleich und bald von milchigem Dunste erfüllt, so daß die Fäden des Altweibersommers, jener edlen Matrone, unsichtbar wurden.

Sie streiften Gregors Gesicht. Er ging an diesem Abend durch den Garten mit den Bäumen und Büschen, und oft sah man seine Hand flüchtig und kaum bewußt an die Wangen oder die Stirn greifen, wo die kleinen Gewebe ein Kitzeln verursachten. Einmal sah man ihn hastig die Brille abnehmen und hilflos aus dem Düstern des Hains in das draußen noch glitzernde Licht blinzeln. Aber noch verließ er den dichten, vom harten Laub geschützten Bezirk nicht. Er ging ohne Buch, den Blicken der Seinen entzogen, bis auch draußen der Schein der Sonne erlosch und sich ein roter Glanz im Westen bildete, der von der Campagna über die Berge reichte, über denen ein dunkles Gewölk stand, immer düsterer zum östlichen Gebirgsrand hin. Von dort kam auch die Finsternis, aber noch fiel der helle Tag zwischen Schluchten und Talausschnitten des Abendgebirges herein. Alle Farben der Dinge und Pflanzen leuchteten stärker, klarer und zuverlässiger als je bei Tage, wenn der Glanz der Sonne darüber liegt und die Kraft ihres eigenen Leuchtens blendend erdrückt. Nun gab es eine helle, aber schattenlose Welt, gleichmäßig im ganzen Tal verteilt. Und noch zur Stunde, als die Sonne erlosch, trat aus dem dunklen Gewölk der aufkommenden Nacht der Mond, bleich und deutlich, schräg in seiner Bahn liegend und hohl, um die Füße der schwebenden Jungfrau zu umfangen, die in ihrem Sichelboden die Schlange zertritt.

Die Fahnen der Feuer erloschen, aus den Weinbergen stiegen die Arbeiter zurück in die Täler und Hütten, wo sich die Wärme noch aufhielt,

während am Berghang kühlere Luft die Blätter bewegte. Hin- und herhuschend rauschte es in den Zweigen der Ilexsträucher. Über Höhen und Mulden hinweg gaben sich Hunde Signale, und ehe die Glocke im Schloß des Papstes erklang, das Zeichen zum Abendgebet, war die Dämmerung so weit fortgeschritten, daß auch die Farben erloschen und die Dinge der Welt für das Ohr erwachten: Klage oder Jubel bisher zurückhaltender Stimmen. Lauter rauschten die Wasser, aus dem Geäst klang das Getöse fallender Bäche, drang an das Ohr durch Gras und Gebüsch.
In den hohen Kronen der Bäume aber hockten in Scharen die Vögel, die auf ihrer Wanderung nach Süden Rast im Schloßpark gemacht hatten. Zweimal alljährlich ging ihre große Reise über den Platz. Sie hatten die Gabe des Singens verloren; ihre Stimmen verstärkten das Schnattern; nun war es ein Lärmen, ein erregtes Erzählen, ein Zurufen und Trällern, wie es ähnlich geherrscht haben mag, als sich die Tausende, nachdem der Herr gepredigt hatte, am Fuß des Berges über dem See Genezareth lagerten, um das Brot und die Fische zu speisen. Diesen Teil des Gartens, den die Vögel in Beschlag genommen hatten und von oben herab mit kalkweißem Kot verunreinigten, hatte der Papst auf seinem Spaziergang gemieden. Aber er hatte Futter streuen lassen. Und nun erinnerte ihn der Zug der Vögel daran, daß er selber wieder an

die Hauptstätte seines Wirkens zurückmußte...
Morgen war der letzte Tag in der Sommerresidenz. Das Rauschen der Fontänen wurde lauter. Die Kühle nahm zu. Gregor beschleunigte den Schritt. Er ging an der Mauer des Hauses entlang, in deren Efeu kleines Getier raschelte, kam auf einen Weg, der mit Steinplatten ausgelegt war, und seine Leute, die ihn im letzten schwachen Zwielicht des Tages erst sehen konnten, als er mit seinem schneeweißen Gewand in den Schein der Lampen trat, erkannten ihn schon vorher an seinem schnellen, kurzen Schritt. Die Schwestern Clara und Raphaela huschten, erfreut wie Kinder, den Gang entlang, auf das Zimmer des Papstes, um den Tisch zu decken.
Gregor verhielt auf der Treppe und schaute zurück in die Nacht, welche sich auf die von Baum und Busch erfüllten Täler gelegt hatte. Langsam entstand auch für das Auge eine neue Welt: die Wipfel der Bäume hatten ihre Formen verwandelt, die Berge rückten mit schwarzen Profilen dem Auge näher, der Mond leuchtete wie aus eigener Kraft, obwohl er viel weniger war als der strahlende Stern, der über dem Scheitel des Gebirges stand. Der hatte inzwischen die Herrschaft angetreten über alle Sterne im Himmelsgefilde, zwischen ödem Gebirgsgrat und dem Rand des Gewölks, weil er von allen Planeten der größte war: Jupiter. Wieder schlug die Glocke. Sie schlug über die

Stundenzahl hinaus und wurde so zum Zeichen des Abendgebetes. Gregor wandte den Schritt und kehrte in der kleinen Hauskapelle ein. Ruhe umfing ihn, eine neue Atmosphäre, von den Kerzen, die eine Schwester mit Stab und langem Docht entzündete, zu schimmerndem Leben erweckt.

Gregor ging zum Altar hinüber, vor dem ein Gebetsstuhl aufgestellt war, senkte das Knie, erhob sich wieder und betete mit leise singender Stimme den Eingang der Komplet: »Converte nos, Deus, salutaris noster...«

Es war der letzte Abend des Papstes in Castel Gandolfo. Der Wechsel, der morgen bevorstand, war unbedeutend; aber Gregor war alt und wußte nicht, ob ihm ein nächster Sommer beschieden sein würde. Noch brannte der frische Abend auf der Stirn. Gar nicht leicht waren die Bilder zu verdrängen, die das Blut des alten Mannes auf eine wohltuende Weise erregt hatten. Nach jedem Gebetsspruch stockte er, zögerte eine Weile und setzte erneut an.

»De profundis clamavi ad te Domine: Domine, exaudi vocem meam...«

Es war ein privates Gebet. Der Heilige Vater, der die Gebete für die ganze Menschheit spricht, betete für sich wie die Könige David und Salomon, ja, wie einst der Herr am Ölberg. Doch betete er nicht, weil er in Bedrängnis geraten war, sondern im Bewußtsein, dies sei eine gute Stunde, um zu beten. Sie war wie die Stunde des Todes. Sagt nicht, sie sei immer und überall, und das Memento zu beten sei zu jeder Stunde geboten. Wie hätte sich Gregor, der fromme, wundersame, von den schönsten Kräften der Welt erfüllte Mann, der sich Bach zum Beispiel nahm, ihn heiligsprechen wollte, weil er ihm ebensoviel galt wie die Heiligen der Kirche, wie hätte er sich den Leitspruch jener Nonne zu eigen machen können, deren Tag morgen gefeiert wurde, Theresa von Avila: »Leiden oder Sterben.«

Schwer wog der Spruch. Und schwer war auch das Leben jener Nonne gewesen, deren Heiligsprechungsprozeß vor kurzem beendet worden war. Diese beiden, Theresa und die Nonne Gertrud, sie hatten sich das Memento Tag für Tag vor Augen gehalten, anders als jene, an die der Papst dachte: Johann Sebastian Bach, der zwar in seinen Kantaten so oft den Wunsch vorgetragen hatte: »Schlage doch, gewünschte Stunde«; der seinen letzten Orgelchoral, in dem auch das Memento erklang, in fremde Hand diktiert hatte; aber wie oft hatte er die Freude aus den Saiten, Flöten und F-Trompeten gepreßt. Und Joseph Haydn, der fröhlich seine Musik der Mitte gespielt hatte, nicht zu heiter, nicht zu ernst, wie es schon die alten Chinesen von der klassischen Musik verlangten; aber vor jeder Arbeit hatte er das Gebet des Herrn gesprochen,

das gleich ist der vollkommensten Musik: nicht zu hell und nicht zu dunkel, ohne Memento, ohne Leiden oder Sterben zu sein. Und Anton Bruckner, der seine Feder vier Tage vor dem Tode niederlegte, um zu beten: er brach die Arbeit an seinem letzten Werk ab, darin die Apotheose der Dankbarkeit gegen Gott gejubelt und trompetet wurde.
So war auch *sein* Leben gewesen: nicht zu heiter, nicht zu streng: In der Strenge heiter, in der Heiterkeit streng! »In tristitia hilaris, in hilaritate tristis. In der Traurigkeit fröhlich, im Fröhlichen traurig.« Einst im Benediktinerkloster war sein Name Severin gewesen: der Strenge! Er hatte sich auch einmal vom Wege gewagt, war ans Meer geeilt, um es mit einer Muschel auszuschöpfen. Er glaubte, im Gespräch mit Gott zu stehen, und konnte sogar die Stunden angeben, in denen es in besonders starkem Maße geschehen war. Wenige Male nur hatte er das Memento ausgesprochen; denn er kannte weder Angst vor dem Tode noch Begierde danach. Er wußte, daß er irren konnte, daß ihn sein eigenes Maß nicht so sehr auszuzeichnen brauchte wie die heilige Theresa von Avila ihr Wahlspruch, nach dem sie ihr Leben eingerichtet hatte wie einen immerwährenden Bußpsalm.
Doch an diesem Abend betete auch Gregor seinen Bußpsalm. Er bat Gott um Verstehen, um Erhebung aus der Zerknirschung, um Einsicht des Irr-

tums, dessen er von vielen in dieser Stunde bezichtigt wurde ...
»Speravit anima mea in Domino ...«
»Es hofft meine Seele ...«
»A custodia matutina usque ad noctem: speret Israel in Domino.«
»Von einer Nachtwache zur anderen: Israel hofft auf den Herrn.«

Aber die Hoffnung ist Freude. In der Hoffnung ist mehr Freude als Leid. Und so stand diesem nachdenklichen Abend Gregors ein Morgen gegenüber unter der hellen, freundlichen Sonne, deren Strahlen warm und friedlich durch die Kapellenfenster drangen und auf den Altar Rosen streuten ...
Gregor trat zur Heiligen Messe vor den Altar. Er stand vor dem geschmückten Stein, rechts die Seite der Epistel, links die Seite des Evangeliums, und in der Mitte das Haus des Herrn. Gregor stand mit geneigtem Haupt und spach: »Introibo ad altare Dei.«
Auch der Altar des Herrn konnte gleichwohl die Schwelle zum Tod sein, vor den zu treten Gregor bereit war. Aber dann war der Tod eine Messe, und das Hingehen zu Gott war eine Kommunion; und in dieser Kommunion würden sie alle sein, die jetzt in sein Gebet einfielen:
»Ad Deum, qui laetificat iuventutem meam.«
»Judica me, Deus, et discerne causam meam de

gente non sancta«, fuhr Gregor fort. »Schaff Recht mir, Gott, und führe meine Sache gegen ein unheiliges Geschlecht.«
Die Vorgebete der Messe gingen zu Ende, das Murmeln schwoll an, bald wurde es leise. Einmal sprach der Papst, dann seine Ministranten. Gedanken flackerten zwischendurch auf, wie die Kerzen am Altar steil und zuweilen im Luftzug sich duckend. Gregor stand auf der Epistelseite, von wo aus die Briefe der Kirche an die Gläubigen verlesen werden, und schlug das Buch auf, das auf dem Samtkissen ruhte. Er sprach den Eingang. Dann das Kyrie. Stockte. Fühlte einen Aufgesang in sich, der von der knappen Form des angedeuteten gregorianischen Gesanges abwich, anschwoll, seine Stimme aus dem leisen Verhalten löste und mitnahm, hinauf und wieder hinab in die dunkle Tiefe, wo er sich mit dem Wahlspruch der Heiligen des heutigen Tages berührte: Leiden oder Sterben ... der wieder mit hochgerissen wurde, dem hellen *Christe eleison* entgegen: es war die Bachsche Melodie aus der Hohen Messe ...
Aber es war eine stille Messe, zu der Gregor heute morgen an den Altar getreten war. Er jedoch war wirklich in Gesang verfallen. Er stockte kurz, besann sich, und etwas verlegen vor den helfenden Priestern, bog er die Bachsche Melodie um in die geläufigere, feierlich gregorianische Weise, so

daß auch die Ministranten sich schnell fassen und in der entsprechenden Choralmelodie respondieren konnten. Dabei blieb es: Gregor hatte die stille Messe in eine feierliche verwandelt. Den Ministranten war es ein leichtes, zur Seite zu gehen und, einer zum anderen geneigt, die Weihrauchkohlen zu entzünden, Duft zum Altare des Herrn steigen zu lassen.
Nach dem Evangelium wandte sich Gregor, der das Klicken der Ketten und des Fäßleins gehört hatte und so die geschickte Assistenz seiner Ministranten erheitert gewahrte, und segnete den Weihrauch. Dabei sog er leicht den festlichen Duft ein und mußte an die Worte des heiligen Thomas von Aquin denken, mit denen jener den verborgenen Gott angebetet hatte:

> Visus, tactus, gustus in te fallitur…
> Gesicht, Gefühl, Geschmack betrügen
> sich in dir…

Aber im Duft dieses Weihrauchs, der schon an der Wiege des Herrn gestreut worden war, betrog der Sinn sich nicht in Gott. Auch der Duft war anregend. Da war der Duft der Wiesen, der Duft der Wälder, der Duft des Gartens, der Duft des Wassers, der Duft der Schöpfung, die gleich einer Rose ist und ihre Blätter zur Offenbarmachung des Wunders öffnet. Da war das Gesicht, das den Kreis der Schöpfung wahrnahm, da war die Hand, die

das Holz des Kreuzes umgriff und des Freundes Hand faßte, welche fühlte, daß in allen Dingen Leben ist.
Und doch, sagte sich Gregor, war das geistliche Organ, war der geistliche Sinn dem Menschen im Ohr gegeben. Denn weiter sang der heilige Thomas: »Sed auditu tuto creditur.«
Ja, diesen Hymnus wollte er die Theologen beten lassen, sobald er sich in Rom ihrem Gerichtshof stellen mußte, der um Johann Sebastian Bach prozessierte. Sie warteten auf ihn mit den Beweisen des Gesichtes, des Gefühles und Geschmackes. Aber Gregor war guten Mutes:

> Auge, Hand und Mund betrügen sich
> in Dir, allein das Ohr erschließt
> Dich mir...

15

Der Gerichtshof war versammelt. Die Theologen warteten auf den Papst. Unter den Gästen der Ritenkongregation saßen die Kardinäle Platoni und Hopkins. Es war bekannt, daß sie in den letzten Tagen mehrere Geheimsitzungen miteinander gehabt hatten. Nun waren sie Nachbarn und verharrten gleich den übrigen im Schweigen. Der Prozeß war noch nicht weit fortgeschritten. Anscheinend hatte man sich verrannt. Was der Advokat der Hölle auch gesammelt hatte, nichts sprach gegen Johann Sebastian Bach. Die Quellen waren wenig ergiebig, aus denen man ein genaues Bild seines Lebenswandels hätte gewinnen können. Dieses Leben war so reich an Werken und Weisheit gewesen, an einer späten, heiligmäßigen Sammlung und Demut, wie der Advokat des Himmels bewies, daß es nichts zählte, wenn der junge Bach wegen seiner Braut Barbara mit irgendeinem Fagottisten eine böse Schlägerei gehabt hatte. Kein Streit, den er mit den Behörden geführt hatte, keine Spekulation auf Ämter und Würden, wofür es Beweise genug gab, konnten so schwer wiegen

wie das Werk und der Glaube dieses Mannes, der Berge versetzt hat. Alle Argumente des Advokaten der Hölle, des beflissenen, exakten Monsignore Mancini, der seine Rede mit scharfer Stimme vortrug, wurden von der Gegenseite, verkörpert durch den venezianischen Patriarchen, niedergeschlagen. Wurden selbst von den Schöffen mit Achselzucken abgetan.
Schwerer wiegende Dinge mußten gezeigt werden. Selbst, daß Bach in seinem Leben zwei Frauen gehabt hatte und nach dem Tode der ersten nicht Witwer geblieben war, mußte zu einem Argument Mancinis herhalten. Denn die Tugenden der Ehe waren vom Apostel Paulus festgelegt, der die Weisung gegeben hatte, daß Witwer und Witwen verwitwet bleiben sollen. Das sei dem Herrn ein Wohlgefallen. Doch nach heftigen Reden wurde auch dies Argument niedergeschlagen; denn es war das Argument der Sadduzäer, mit denen sie Christus wegen der Auferstehung versucht hatten. Eine Weile währte der Streit, die Geister mußten sich erst fassen; selbst die Treue gegen Tote sitzt tief im menschlichen Gemüt, fast tiefer als die gegen die Lebendigen. Doch der Tod, so sprach da der Gegenadvokat, sei das Reich Gottes, und bis dahin dürfe niemand vordringen.
»Aber schließlich sprechen wir die Toten heilig«, rief der Advocatus Diaboli.

»Weil sie uns ein Zeichen gegeben haben, daß sie im Himmel sind«, erwiderte der Advocatus Dei.
Dies letzte Wort ergab die Situation, in der man den Heiligen Vater bat, selber zu Gunsten seines Mandanten einzugreifen.
Ende Oktober war er nach Rom zurückgekehrt und hatte in der zweiten Novemberwoche in seiner Kirche auf dem Lateran das Fest der Erzbasilika des Erlösers gefeiert. Seit dem vierten Jahrhundert ist diese Kirche, die Konstantin der Große erbauen ließ und die vom heiligen Silvester im November des Jahres 329 eingeweiht wurde, die Mutterkirche aller Gotteshäuser der Welt. Heute trägt sie den Namen des Täufers Johannes.
Der Gottesdienst des Papstes war der erste nach seiner Rückkehr, an dem die Gläubigen teilnehmen konnten. Die Basilika war überfüllt, obwohl es wochentags war. Viele waren gekommen, um die Predigt des Heiligen Vaters zu hören. Einfache Menschen, Studenten, viele Künstler, Männer und Frauen, alt und jung. Und sie alle fanden ihre Hoffnung erfüllt. Gregor richtete das Wort an sie, und es wurde eine aufsehenerregende Predigt.
Er sprach von den Kirchen Roms, die auf den Grundsteinen antiker Tempel errichtet worden waren. Von dieser Kirche, deren Weihefest sie heute feierten, ging er aus; sie war auf den Grundrissen des alten Lateranpalastes erbaut worden.
Er sprach von den Säulen in Santa Maria Mag-

giore, von den Säulen in San Lorenzo vor den Mauern, von Maria in Cosmedin, von Maria sopra Minerva. Vom Pantheon sprach er, das heute einen christlichen Namen trug. Von den Obelisken Ägyptens, den Triumphsäulen der heidnischen Kaiser, die nun mit dem Zeichen des heiligen Kreuzes geschmückt waren. Einst standen diese Säulen im Licht und trugen die Giebel der heidnischen Tempel, heute hielten sie ihren Schlaf im Dämmerdunkeln der Kirchen, standen gefesselt, von ferne die befreiten Katakomben grüßend, als Schächer neben dem Erlöser gekreuzigt, um danach mit ihm vielleicht im Paradies zu sein.
Und so, sprach Gregor, wolle er versuchen, Johann Sebastian Bach herüberzunehmen in den Himmel der Heiligen. Damit wolle er den Anfang schaffen zu der Tat, mit der eines Tages seine Nachfolger die ganze Kirche wiedervereinigen würden, festgegründet auf dem gemeinsamen Grundstein.
Einst, in der Antike Griechenlands, gab es den Sänger Orpheus ... Der war ein heidnischer Künstler gewesen, ein Magier, ja fast den Göttern gleichgestellt. Dennoch wurde er von den ersten Christen Jesus Christus zugesellt, also fast eine heilige Figur. Er wurde sogar zum Symbol Christi: Christus-Orpheus. Hier nun – in Johann Sebastian Bach – war Orpheus neu erstanden, und nicht als Symbol dem Herrn gegenübergestellt, sondern in der Gefolgschaft des Herrn – wie der heilige

Lukas, der heilige Gregor, der heilige Franz. Gewiß sei es von Johann Sebastian Bach, daß er und sein Werk bei Gott im Himmel seien.
Den einfachen Gemütern aber, von denen es nicht wenige unter seinen Theologen gab, und welche die Kunst in Bausch und Bogen zu den profanen Erscheinungen der Menschheit zählten, die nun aber seiner Predigt ohnmächtig zuhören mußten – ihnen rief er kategorisch zu: »Der Herr schuf Himmel und Erde in sieben Tagen. Und er schuf den Menschen nach seinem Bilde; sich zum Bilde schuf er ihn. Gott selbst war kein Theologe. Gott war schöpferisch. Und wenn der Mensch sich nach seinem Bilde verhalten soll, so entspricht er dem am besten, wenn er schöpferisch ist. Da Gott den Menschen schuf und der Mensch die Kunst, so hält sich Gott auch in den Werken auf ...«
Nun also, ein paar Tage später, warteten die Theologen, zum Gerichtshof versammelt, auf den Papst. Dort wo die Schöffen saßen, lief ein Raunen um; die beiden Advokaten saßen mit undurchdringlichen Gesichtern, die meisten Blicke aber wanderten zu den Rivalen Platoni und Hopkins hinüber. Noch vor ein paar Stunden waren sie zusammen gesehen worden, wie sie aus Hopkins' Arbeitszimmer kamen.
Jeden Morgen gab Hopkins dem Papst telephonisch Bericht über die Staatsgeschäfte. Vor einigen Tagen, ehe er sich mit dem Heiligen Vater zur

festen Stunde in Verbindung gesetzt hatte, war plötzlich Platoni erschienen, ohne Anmeldung, gegen jeden Brauch, wie er zwischen zwei Kirchenfürsten geboten war. Hopkins stand im Zimmer und sah Platoni besorgt entgegen. Es war der Tag nach dem päpstlichen Festgottesdienst in der Laterankirche. Platoni fand die Predigt unverantwortlich.

»Es sind die Mittel«, erwiderte ihm Kardinal Hopkins, »die jedem Nonnenkloster recht sind, wenn man eine fromme verstorbene Schwester heiliggesprochen haben möchte. Dann ruft man die Gläubigen, die Einkehrenden und Vorüberkommenden zum Gebet auf...«

Platoni erwiderte erregt: »Wir sind hier nicht im Nonnenkloster.«

Tags darauf trafen sich die beiden Kardinäle zu einer geheimen Besprechung; Hopkins hatte den Älteren zu dessen Überraschung zu sich bitten lassen, ohne den Heiligen Vater vorher zu verständigen. In dieser Stunde gab Hopkins plötzlich zu, er sei davon überzeugt, daß die Gedankengänge des Heiligen Vaters durchaus gefährlich seien. Gregor versuche nämlich in eine Welt vorzustoßen, wo es dem Mutigsten den Verstand kosten könne. Sein Zustand während des Gottesdienstes in der Laterankirche, bei der zündenden, alle Gläubigen, alle Ungläubigen zum Gebet mitreißenden Predigt sei die Euphorie gewesen. Wenn also in diesem

Augenblick, wo noch nichts entschieden sei – so sagte Hopkins, und er senkte die grauen Augen, die offen unter der hohen, verwitterten Stirn saßen –, dem Heiligen Vater ein Unglück widerfahren, ihn mitten in der Vorbereitung seines Werkes der Tod überraschen würde, kein Nachfolger, auch er, Hopkins, nicht, könne dieses Werk fortsetzen.
»So würden«, fragte Platoni, »auch Sie diesen Prozeß sofort fallenlassen?«
Hopkins zögerte mit der Antwort und hielt den Blick gesenkt. Es war noch nicht lange her, daß er dem Heiligen Vater Liebe und Hilfe zugesagt hatte. Dann blickte er auf und sah Platoni offen an.
»Der Heilige Vater«, sagte er, »besitzt selber die Macht der Heiligkeit, die er Johann Sebastian Bach zusprechen will. Und wenn er ihn tatsächlich durchbringt, so war es auch diesmal wie immer in solchen Fällen ein Werk des Heiligen Geistes. Trotzdem erscheint mir die geistige Welt des Heiligen Vaters gefährdet. Ich bange um ihn und hoffe und wünsche, daß mir nicht die Aufgabe zufallen wird, das Werk unseres Heiligen Vaters fortsetzen zu müssen.«
Platoni sah ihn prüfend an und hob das Kinn. Entschlossen reichte er dem Kardinal-Staatssekretär die Hand und sagte: »Warten wir ab, was der Heilige Vater noch zu sagen hat.«
Sie gingen zusammen hinaus und begaben sich in den Gerichtssaal. Platoni glaubte, in diesem

Geständnis Hopkins' eine bessere, ernsthaftere Unterstützung gefunden zu haben als je zuvor. So hatte Hopkins' Rede nicht etwa an einzelnen wesentlichen oder unwesentlichen Dingen gehangen, sondern eine Gesamtanschauung ausgesprochen, die ihr Maß in der Vorsicht, in der Klugheit besaß. Die Welt des gläubigen Begreifens und Wirkens schien für beide Kardinäle begrenzt. Gregor mochte sich für sie in dem Irrtum befinden, zu glauben, er könne Dinge antasten, die sich im Grunde jeder menschlichen Einsicht entzogen. Daß der heilige, einfältige Franziskus von Assisi ein Heiliger war, entzog sich nicht dem gläubigen Verstand; daß sich aber in den Werken der Kunst, vor allem der Musik, Gott aufhalten solle, das war nicht auszumachen; denn oft war diese Kunst Machwerk: Blumen des Bösen. Was Kunst sei, das hatte sich immer den Geistern entzogen; und viele, die ihre Erforschung auf sich genommen hatten, waren an den wirklichen Geheimnissen zerbrochen, wie schon die Alten wußten.
Dichter und Musiker waren dem Wahnsinn verfallen oder im Selbstmord geendigt. Dort auf dem Friedhof an der Cestiuspyramide, wohin der Papst seinerzeit bei der ersten Auseinandersetzung mit Kardinal Platoni, dem eifrigen Gegner des Protestantismus, mit der Hand gewiesen hatte, dort lagen die sprechendsten Beispiele. Die Kunst hatte die Wirkung dunkler Magie. In der Kirche, der

Mutter der Weisheit, hatte sie immer nur als Begleiterin gedient. Sie war Dienerin, nicht Priesterin gewesen. Alle nichtsakrale Kunst war ohnehin für die Theologie unbrauchbar und wurde allenfalls als Gleichnis vom Streit zwischen Gut und Böse gedeutet.
In diesen Gedankengängen schienen sich Hopkins und Platoni also zu treffen. Keiner im Gerichtshof ahnte es, der die Rivalen schweigend nebeneinander sitzen sah.

Gregors Gesicht war bleich, als er unter die Theologen trat. Sein Schritt aber war frisch und rüstig wie je. Er winkte, sobald man die Türe hinter ihm geschlossen hatte, den Versammelten zu und begab sich an seinen Platz. Hier hob er die Rechte mit dem Fischerring und stach das Zeichen des Kreuzes über die Versammelten in den Raum, mit leichter, genauer Bewegung; zwei Finger waren ausgestreckt, der Daumen schloß mit den beiden gekrümmten Fingern einen Ring. Dann setzte er sich und gab mit dem goldenen Hämmerlein das Klopfzeichen zum Beginn.
Noch einmal rollte in klaren Formulierungen der bisherige Prozeß vor aller Ohren ab. Das Gespräch war stabil, geordnet bis zu dem Punkt, mit dem die jetzige Situation eingetreten war. Ihretwegen hatte man den Heiligen Vater gerufen.
Der Glaube des Volkes hatte sich gemeldet: Hei-

lige müssen sich durch Zeichen verständlich machen. Noch nach ihrem Tode müssen sie Wunder bewirken. Ob dies nun bei Bach geschehen sei und wie …

Sie befragten Gregor.

»Sein Werk ist ein einziges Wunder«, antwortete er ruhig.

Seine Stimme hatte zum Ruf ansetzen wollen, doch blieb es bei dem fast leise gesprochenen Wort. Er fuhr fort, sprach ein wenig lauter, langsam fand seine Stimme Kraft, doch klang sie erregt. Er sprach von jenem Hymnus des heiligen Thomas von Aquin, mit dem er die verborgene Gottheit angebetet hatte:

»Gesicht, Gefühl, Geschmack täuschen sich in Gott. Das sind die Sinne, mit denen man Wunder wahrnimmt. Lichtzeichen, Totenerweckung und Krankenheilung, Brotvermehrung … Allein das Ohr verläßt sich auf das Wort, auf die Verkündigung … Liebe Brüder: was braucht es der Zeichen, der Wunder …«

Seine Gegner flüsterten: »Er belächelt uralten Glauben. Die heilige Therese vom Kinde Jesu streut Rosen. Immer galten die Zeichen, die das Gesicht wahrnimmt.« Sie waren um keinen Einwand verlegen. So sagten sie, daß ein Heiliger nicht in den Himmel kommen könne, ohne eine Seele mitzubringen, ohne ein, wenn auch noch so geringes Missionswerk geleistet zu haben. Von altersher gewann die Kraft der Heiligen Gläubige und wirkte noch aus dem Himmel auf die Seelen der Menschen. Hatte nun aber Johann Sebastian Bach, den der Papst heiligsprechen wollte und von dem alle Gläubigen der Welt sagen sollten, er sei ein Heiliger, dessen Name als Zeugen der göttlichen Ordnung auszusprechen für jeden heilsam wäre: hatte Johann Sebastian Bach seinen apostolischen Auftrag, den Christus allen hinterlassen hatte, fruchtbar erfüllt?

War dies der letzte Einwand?

Gregor blickte sich um. Plötzlich lächelte er. Es geschah zum erstenmal heute. Einen Arm ausbreitend, so daß der Finger an seiner Hand weit zurückwies, sprach er: »Gewiß, er hat es. Manche, ja viele, unzählige gingen an einem Abend, wenn sie seine Musik gehört hatten, in sich gekehrt nach Hause und haben an Gott gedacht. Ihre Gedanken sammelten sich zum Gebet. Und wie viele mögen erst durch ihn bewogen sein, im Sinne des Herrn zu leben. Ein Philosoph, Dichter und Irrlehrer des neunzehnten Jahrhunderts, den wir alle mit Namen kennen – er ist öffentlich gegen Gott aufgetreten und hat Ihn in seinem Wahnwitz für tot erklärt, nach einem einsamen Leben verfiel er in Turin dem Wahnsinn –, er rief einmal nach Anhören der Matthäuspassion aus: hier könne man das Christentum wieder erlernen, wenn man es schon verlernt hätte. Und Tausende christlicher Mönche, die täglich seine Musik ins Leben rufen, in den Klausen, in den Kirchen, sie sprechen für die Kraft, die von Jean-Sébastien Bach ausgeht und die keine irdische sein kann ...«

Schon ging eine Woge summender, sich zu offenen Lauten der Begeisterung steigernder Zustimmung durch das Konsistorium. Man nickte und winkte dem Heiligen Vater zu, und dieser, der sich in einer entzückenden, rührenden Verwunderung umblickte, rief Hopkins herbei, um ihm einen Auftrag ins Ohr zu flüstern. Hopkins verstand und ging, Gregor gab mit dem goldenen Hämmerchen das Zeichen zur Pause. Sie währte nicht lange. Hopkins kehrte wieder zurück, in der Hand Gregors Violine im hellen Leinenumschlag. Gregor gab abermals das Zeichen, packte das Instrument aus, nahm es ans Kinn, hob den Bogen ...

Durch die Fenster brach die Sonne. Es war Mittag. Draußen war es noch einmal heiß geworden; über Rom, das gestern das Fest des heiligen Martin gefeiert hatte, war nach ein paar Regentagen ein heißer Nachsommer eingezogen, der Martinssommer. Die Hitze machte sich auch in den Räumen bemerkbar, es war drückend. Trotzdem nahm Gregor sein Instrument, griff damit in dieser Stunde zu dem fast unerlaubten Mittel und hub an, seine geliebte E-Dur-Partita zu spielen. Wieder tanzten Laut und Licht auf, Ton, der hell war und zu sichtbarem Licht wurde; Bewegung, Tanz, die hörbar wurden in den ruhig dahinschreitenden Tönen. Alle sahen gebannt auf die im Rhythmus des Spieles bewegte Gestalt. Sie wiegte sich im natürlichen Takt. Das Gewand hing glatt. Kaum merkbar nickte der Kopf, leicht aufs Instrument geneigt. Die Hand ließ den Bogen federn, jedesmal, wenn Gregor ihn absetzte, und er schloß die Augen kurz, um sich auf die Ordnung der Töne zu besinnen, bevor er wieder ansetzte. Der Heilige Vater machte sich selbst zum Wortführer seines Mandanten: wann war solches außer bei den dogmatischen Erklärungen zum Preise Mariens geschehen? Ja, der Mächtige, der Kantor des Herrn, der große Patron unzähliger Gläubiger schien in dieser Stunde als Schützling in die Hände des Heiligen Vaters gegeben.

Der erste Satz war zu Ende. Gregor ließ die Violine sinken, legte den Bogen aus der Hand, wischte sich mit dem Tuch, das zum Schutze des Gewandes auf der Schulter lag, die Stirn und winkte einigen Männern, die dunkelbraunen Vorhänge zu schließen; heiß brannte die Sonne durch die Scheiben. Dann setzte er sein Spiel fort; der zweite Satz folgte, der dritte, der letzte, wunderbar große und tiefe ...

Zwischendurch wischte sich Gregor den Schweiß von der Stirn. Seine Hände sah er, wenn er mitunter auf die Griffe blickte, trotz ihres Pigments bleich und welk werden. Er spürte ein Stechen und

Prickeln, das heftiger wurde. Er näherte sich dem Ende des Vortrages. Die Hitze stand im Raum, vermehrt durch die Anwesenheit der zahlreichen Menschen; die Ventilatoren waren während der musikalischen Handlung des Papstes abgestellt worden. Aber der Greis bändigte noch einmal die fast unbändigen Noten des Meisters in gestraffte Ordnung. Dann ging der Geist Bachs befreit aus seinen Händen hervor und entzündete Entzücken und Lust des reinen Friedens in den Herzen der Zuhörer.

Offener Jubel brach aus, nur wenige hielten sich zurück. Platoni senkte das Haupt. Hopkins ließ seinen Gefühlen freien Lauf, indem er die Augen strahlend auf Gregor richtete. Da waren ihm Zweifel an diesem Manne gekommen. Nun aber sah er seine Stirn, sein silbernes Haar, die großen weisen Augen hinter den starken Brillengläsern, die dem gütigen Gesicht einen hilflosen Ausdruck verliehen, sah den schmalen, meist lächelnden Mund. Er sah die Hände, die schönen, wunderbar gegliederten, die sich um den Hals des Instrumentes, um den senkrecht in den Raum stechenden Bogen klammerten. Es gab keinen Zweifel: dieser Mann war selbst ein Heiliger. Und so war es, als wäre die Theologie in diesen Stunden unterlegen, und einzig der Glaube des Volkes hätte gewonnen.

Gregor legte das Instrument beiseite, und sein

Lächeln nahm zu. Aber es kostete ihn einige Anstrengung. Plötzlich griff er mit den völlig kraftlos werdenden Händen nach dem Pult, stieß das Goldhämmerchen zur Erde und fand erst Halt in den Armen Hopkins' und des Venezianers, die herbeigesprungen waren, ihn aufzufangen. Sie führten ihn hinaus, brachten ihn, während die Versammlung schweigend verharrte, Schritt für Schritt in seine Gemächer.

Er kam an diesem Tag nicht wieder zu Kräften. Aber während die beiden Männer Gregor durch die Tür in sein Zimmer führten, wo sich die Schwestern Clara und Raphaela hastig und erschrocken beiseite drückten, sagte Gregor mit langsamer, jedoch beherrschter Stimme, nur hin und wieder vom Atemholen unterbrochen: »Es war dies eine Stunde der Prüfung, sowohl für die Kunst als auch für die Menschheit. Es war gewissermaßen eine Zerreißprobe für die Kunst. Denn sie muß göttlichen Ursprungs sein. Wir glauben, daß der Heilige Geist unseren Versammlungen innewohnt. Und er hat auch diesmal gewaltet. Des sind wir Zeugen. Es galt für Uns«, er verbesserte sich: »Es galt für mich wie für uns alle, zu sehen, ob die Menschheit die Gaben Gottes, zu denen nächst der Liebe vor allem das Talent zur Kunst gehört, ernst nähme oder nicht ...«

Der dann herbeigerufene Arzt, dem man am Abend noch einen zweiten hinzugab, fand den

Zustand des Heiligen Vaters gefährlich. Seine Krankheit wurde noch vor Mitternacht der Welt bekanntgegeben.

16

Obwohl sein Staatssekretär alle Geschäfte von ihm fernhielt, war Gregor von tausend Gedanken und Sorgen erfüllt. Es war, als träume er seine Regierungszeit als Papst auf dem Krankenbett zu Ende. Die ersten Tage waren sehr unruhig. Fieberträume suchten ihn heim. Sobald er wachte, quälten ihn Selbstvorwürfe. Er machte sich Sorgen um das Gelingen des Werkes. Zugleich verwarf er es wieder. Bald stand er von seinem Wunsche ab, täglich den Staatssekretär zur Berichterstattung zu empfangen; denn er sah ein, daß er Schonung nötig hatte. Doch er bedurfte ihrer nicht so sehr, um wieder zu Kräften zu kommen und sein Werk zu vollenden. Er war demütig und wußte, daß alles in Gottes Hand stand. In seinem Namen, so sagte er sich, wolle er selbst verzichten auf das Gelingen seines liebsten Wunsches, dem er im letzten Jahr alle Kraft geopfert hatte. Nein, um den Einklang mit den Gesetzen Gottes ging es ihm, als er die Notwendigkeit einer unbedingten Schonung seiner von Krankheit und Unruhe heimgesuchten Natur einsah.

Er bemühte sich, mit dem Gebet die dunklen Stunden wie mit einer wärmenden Decke zuzudecken. Aber die Wolle war dünn und abgenutzt, Kälte drang durch, der Schutz zerbrach, und wieder zerrte die Unruhe wie Gicht in den Gliedern. Er sagte sich, daß seine Pläne ungeordnet und heillos gewesen seien; denn der Eindruck erschien ihm als ein unbrauchbares Negativ, jetzt, da er in der Dunkelkammer seiner Krankheit eingeschlossen war.

Unvermittelt rief er nach einer der beiden Schwestern, die betend im Hintergrunde des Zimmers saßen. Schwester Raphaela kam, trat an das Bett, senkte die Augen und erwartete seinen Auftrag.

»Rufen Sie bitte Kardinal Hopkins«, sagte er mit leiser, doch erregter Stimme. »Sagen sie ihm, er möchte gleich kommen. Es drängt.«

Die Schwester ging. Clara blieb. Den Rosenkranz um die Hände geschnürt, saß sie am Fußende des Bettes und betete um die Genesung des Heiligen Vaters. Die Perlen tickten in ihren Händen wie Stricknadeln in den Händen alter Mütter oder Nonnen, die das Besuchsgespräch einer jüngeren Schwester überwachen. Ähnlich wurde Gregor von seinen dienstbaren Nonnen bewacht, obwohl er keine laute Unterhaltung mit den Geistern führte, die ihn besuchten, vielmehr eine ununterbrochen geheime und unbelauschte. Sein Gesicht, bleich und mit dem glitzernden Schein eines leich-

ten Bartes umgeben, darunter die Wangen hohl einfielen und der Mund leidend herabgezogen war, ruhte in dem großen leinenen Kissen. Die Hände hielt er auf der Decke gefaltet, und die dunklen Augen waren, wie um Halt zu finden, auf die gekrümmten Gelenke der Finger geheftet.
Kardinal Hopkins trat ein. Groß stand er unter der noch größeren Tür, die Haltung seiner Gestalt war unnachahmbar. Dem Papst erschien sie jetzt, wo er selber lag, noch größer, überlegener, stärker, und er empfand einen kindlichen Trotz, der auch dann nicht gemildert wurde, als Hopkins sich demütig neigte. Gregor sah es in diesem Augenblick ungern, daß er seiner Krankheit wegen dem jungen Kardinal die Regierungsgeschäfte überlassen mußte. Und er fragte sich, ob Hopkins sie ebenso gut ausführen würde wie er. Leise trat der Zweifel an seiner eigenen Kraft auf, aber er sah wiederum nur seine Pläne. Um ein weiser Regent zu sein, mußte man von einer inneren Kraft erfüllt sein, die nicht der äußeren Diplomatie bedarf. Gregor hob den Kopf, die Sehnen am Hals traten hervor und spannten sich, er nahm die Hände auseinander und legte sie dem niederknieenden Kardinal auf das Haupt. Dann deutete er mit der Rechten das Kreuz an und segnete ihn.
Gregors Stimme klang stechend und forschend, als er sprach. »Sind die Fremden eingetroffen?« fragte er.

»Die Fremden?«
Hopkins hatte sich wieder erhoben und blickte den Heiligen Vater ohne Verständnis, ja verwirrt an. Dann sagte er: »Aller Welt ist bekannt, daß es dem Heiligen Vater unmöglich ist, Audienz zu geben, solange er krank ist.«
»Aber die Fremden«, sprach Gregor hastig, mit heiserer Stimme, der er vergeblich einen energischen Grundton zu geben versuchte, »die Fremden sollen sofort zu Uns gebracht werden. Wir erwarten sie mit Ungeduld.«
»Es ist keiner gemeldet«, erwiderte Hopkins und hielt dem lächelnden Blick Gregors stand. »Niemand nimmt anders denn im innigen Gedenken und Gebet teil an der Krankheit des Heiligen Vaters.«
Gregor winkte ab und ließ den Kopf wieder zurücksinken. Die Hände legte er ausgestreckt vor sich auf die Decke.
»Und was geschieht mit dem Prozeß?« fragte er.
»Im Augenblick nichts, Heiliger Vater. Wir sind alle übereingekommen, daß wir nichts ohne die Teilnahme des Heiligen Vaters tun dürfen.«
Gregor nickte, er hob die Hand, halb enttäuscht, halb zufrieden. Der Kardinal war entlassen. Er ging davon, durch dieses Gespräch nachdenklicher gestimmt denn je. Noch zur Stunde gab er den Ärzten die strenge Anweisung, daß niemand mehr zum Papst gelassen werden dürfe, auch die Theo-

logen des Hauses nicht. In seinem Bericht aber, den er am Abend wie gewöhnlich abfaßte, schrieb er, das Befinden des Heiligen Vaters habe sich leicht gebessert; ja, es sei ihm möglich gewesen, zum ersten Male seinen Staatssekretär zu sich zu rufen und mit ihm über die verschiedenen Amtsgeschäfte zu sprechen. Mit Zustimmung habe der Papst sogar vernommen, daß der Prozeß um die Heiligsprechung Johann Sebastian Bachs solange ruhen solle, bis er selber wieder imstande sein würde, seinem Verlauf zu folgen.

Es wurde Winter, das neue Jahr begann. Fast täglich gaben die Zeitungen Bericht von der Krankheit des Papstes. Einmal war sein Befinden besser, ein andermal schlechter. Krisen traten ein, man rechnete bereits mit seinem Ableben und beschäftigte sich mit der Nachfolge. Die Gefahr schwand wieder ein wenig, schon wurde allgemein der Hoffnung auf Besserung Ausdruck verliehen, während andere Stimmen Betrachtungen anstellten über die Folgen einer dauernden Erkrankung; sogar die Möglichkeit einer Abdankung wurde in Erwägung gezogen. Dies würde in der Geschichte der Kirche ein gewiß seltener Fall sein, doch gab es Beispiele. Ähnlich wie vor neun Jahren Gregor, hatte man einmal im Mittelalter einen Mönch zum Papst gewählt, der dann schließlich nach Jahren gütiger und weiser Herrschaft abdanken mußte, von den Kardinälen dazu aufgefordert, nachdem

sie ihn zuerst wegen seiner erhofften Unfähigkeit gewählt hatten. Selbst Gregor VII. war zur Abdankung gezwungen worden. Um das Krankenbett des Heiligen Vaters wucherten und rankten sich Gerüchte und Geschichten, so phantastisch, daß es der vatikanischen Geschichte und Diplomatie völlig widersprach.
Von Gregors letztem Plan aber, Johann Sebastian Bach heiligzusprechen, der so viel Aufsehen erregt hatte, war bald keine Rede mehr. Auch pflegten die Berichte der Presse sich weniger um die Persönlichkeit Gregors zu bemühen als um das erkrankte Oberhaupt der römischen Kirche, die bis auf den Tag, wenn man absah von den Vereinten Nationen, noch immer die größte Organisation auf Erden war.
Die Verbindung zwischen dem Amt und dem Privatmann, der Gregor auf dem Krankenbett in einem viel größeren Maße war, stellte der unermüdliche Kardinal Hopkins her. Er arbeitete sechzehn Stunden am Tag. Sein Bild erschien immer häufiger in der Presse und auf den Bildschirmen. Mit festem Schritt und kantigen Bewegungen der Schultern, hochaufgerichtet in seiner leuchtenden Tracht, konnte man den Engländer durch die Flure des Vatikans schreiten sehen. Seine grauen Augen waren ernst und geradeaus gerichtet, der schmale Mund war starr und schien nur zu lächeln, abwesend und stets ein wenig müde. Das

Haar war kurz geschnitten, aber noch voll; es war an keiner Stelle grau, war dunkelblond und dort, wo es unter dem Kardinalkäppchen hervortrat, dicht über der hohen Stirn gescheitelt und von der Sonne gebleicht. Trotz seiner äußeren Würde wirkte er fast jünglinghaft, schwer war in der fürstlich-geistlichen Tracht sein Alter zu bestimmen. Er war erst achtundvierzig, und so schien die Vermutung, er werde der nächste Papst sein, wenig begründet. Sein Rivale war nach wie vor Kardinal Platoni; und der war ihm nicht nur an Alter, sondern auch an diplomatischer, an römischer Erfahrung überlegen.

Hopkins glaubte, wo er in letzter Zeit ging, stand, saß und seine Tagesarbeit bewältigte, ein Wissen mit sich herumzutragen, das es der Welt zu verheimlichen galt. Kaum wagte er darüber nachzudenken, oft aber streifte ihn die Ahnung, ohne daß er es wollte, und sie bedrückte ihn. Er dachte, daß, wenn nicht der Tod Gregors, so doch dauernde Erkrankung seines Geistes die Folge dieser Krankheit sein könnte. Stets fürchtete er die dunklen Worte, die er nun schon mehrmals aus dem Munde des Greises vernommen hatte, sobald er vor Gregor gerufen worden war.

»Lieber Kardinal«, empfing ihn der Papst zum anderen Mal. »Ostern naht. Am Karfreitag hoffen Wir Jean-Sébastien Bach heiligzusprechen. An diesem Tage können sich unbesorgt die Christen beider Konfessionen in Sankt Peter versammeln. Wenn sich bis dahin Unser Zustand nicht gebessert hat, müssen wir ein Konsistorium der Kardinäle an unser Bett berufen. Nun wirkt allerdings eine Heiligsprechung, die ein Papst von seinem Krankenbett aus vornimmt, nicht gerade grandios.«

»Heiliger Vater«, beeilte sich Hopkins zu sagen, »das Fest, das der Kirche nicht mehr verlorengehen kann, das wir bereits begangen haben, damals, als Eure Heiligkeit mit Spiel und Rede den gesamten Gerichtshof gewonnen haben, kann sinnvoll nur im Beisein unseres Heiligen Vaters gefeiert werden.«

Schweren Herzens verließ Hopkins seinen Meister. Er konnte trotz aller Befürchtungen nicht umhin, sich immer wieder einzugestehen, daß an Gregor so gar nichts Unvernünftiges sei. Sprach nicht sogar eine gewisse Energie aus seinen Worten, so daß, wer sie hörte, von seinem Willen, seiner Zuversicht, wieder zu genesen, überzeugt sein mußte? Dieser Mann, wenn man ihn sah, hörte und völlig auf sich wirken ließ, würde nicht sterben, ohne sein Werk vollendet zu haben, sagte sich der Kardinal.

Aber der Zweifel in diesem jungen Regenten der Kirche war dennoch groß und beständig. Gemessen an den sichtbaren Werken der Tugend, selbst an den sichtbaren Werken der Kunst und der geschichtlichen Tat, so sagte er sich, war die Heiligsprechung eines Menschen nichts Großes und Besonderes. Sie schaffte keine Veränderung, weil sie lediglich die Bestätigung einer Tatsache war, wenn auch im Himmel beschlossen. Groß, so gestand sich der Kardinal ein, wäre sie nur dann, wenn Gregor wirklich das vorhaben sollte, was ihm seine Gegner insgeheim und offen vorwarfen: daß es ihm nämlich nicht nur um die Heiligsprechung eines Menschen ginge, sondern um die Heiligsprechung der Musik.

Dieser Gedanke aber schien auch Kardinal Hopkins eher am Rande des Wahnsinns zu Hause. Und darum hütete er streng sein Wissen von allem, was Gregor ihm in Zeiten der Gesundheit und jetzt, während seiner Krankheit, anvertraut hatte; denn alles schien ihm damit in Verbindung zu stehen, darauf hinzuzielen. Hopkins war kein gewöhnlicher Mann; aber was er tragen konnte, das hatte ihm sein augenblickliches Amt bereits aufgebürdet. Und das war viel, war ernst und wichtig, es waren die Geschicke der ganzen Kirche. Also blieb für ihn kein Spielraum, an den Träumen Gregors teilzunehmen. Er war nun nicht so sehr in die Freundschaft mit Papst Gregor hineingewachsen, als vielmehr in sein eigentliches, von Gunst und Freundschaft unabhängiges Amt. Seit Beginn der Krankheit des Papstes gönnte er sich keine Muße. Einmal, in einer ruhigen Stunde des Kranken,

sprachen sie über die Gefahren, die der Kirche drohten; war doch die Wahl Gregors seinerzeit in einem kritischen Moment erfolgt, und die Spannungen waren durch die Erscheinung Gregors nur scheinbar gelöst worden.
»Wird es je möglich sein, daß der Heilige Geist sich von der Kirche abwendet, sei es auch nur für eine kurze oder längere Zeit?« fragte Hopkins.
Gregor antwortete: »Wir haben die Verheißung. Was wir aber erkennen müssen, ist, daß die augenblickliche Kirche nicht unbedingt die zukünftige zu sein braucht, so wie sie ja auch nicht die vergangene ist. Gleich wie die Kirche dreihundert Jahre im Verborgenen gelebt hat, wird sie auch wieder ins Verborgene zurückkehren können. Es gibt unzählige Bedenken, die Wir hegen. Einst, im Mittelalter wurde eine Heiligsprechung dadurch möglich gemacht, daß ein Bischof hinging und für einen Heimgegangenen zeugte, weil das Volk von ihm sagte, er sei ein Heiliger. Es erschien den Gläubigen als ein Wunder, wenn es einem Menschen, einem Priester, einem Heiligen gelungen war, einen Verzweifelten Gott wieder zuzuführen, böse Geister auszutreiben. Heute aber nehmen unsere Theologen nicht einmal mehr die Wunder mit kindlichem Herzen hin, von denen sie aus dem Volke Kunde bekommen haben, sondern beauftragen Wissenschaftler, die sich auf ihre Weise der geheimnisvollen Dinge annehmen sollen. Die Trä-

nen, die ein Muttergottesbild geweint hat, werden chemisch untersucht, die Kranken, die geheilt worden sind, werden vereidigten Ärzten vorgeführt. Damit scheint das Amt der Jünger des Herrn und der Pharisäer vereint. Wir fragen uns aber, will Gott sich oder der Menschheit und ihrer Wissenschaft ein gläubiges Herz gewinnen? So hat in Unserer Zeit der Heilige Vater persönlich«, Gregor hob einen Finger, und seine Stimme bekam einen warmen Klang, »einen vor Jahrhunderten zu Gott heimgegangenen Menschen zur Heiligsprechung vorgeschlagen: Jean-Sébastien Bach. Einst hätte man diesem Vorschlag des Stellvertreters des Herrn nicht zu widersprechen gewagt. Heute aber zerrt man den Papst, zerrt man Uns selber vors Gericht. Schon wart ihr alle einverstanden, offener Jubel brach aus, als Wir Uns selbst zum Anwalt Unseres eigenen Schutzpatrons machten. Nun aber bindet Uns Krankheit, und das ist für alle eine willkommene Gelegenheit, den bereits gewonnenen Prozeß wieder einschlafen zu lassen. Schnell erheben sich die Bedenken im menschlichen Geist, mag man vorher auch von Jubel und Freude erfüllt gewesen sein. Als Wir in jener letzten Versammlung der Ritenkongregation das Wort ergriffen hatten und das Instrument erhoben, hat, als das Spiel verklungen war und der Jubel ausbrach, der Heilige Geist mitgewirkt, dessen sind Wir gewiß; nun aber, da der Prozeß einschlummert und mit

Unserem Ende auch das Ende Unserer Pläne droht, wird man allgemein sagen: der Heilige Geist habe nicht zugestimmt, daß also Unseren Wünschen keine Erfüllung zuteil geworden sei. Was, lieber Hopkins, kann das bedeuten?«
Abermals ging Hopkins bedrückt davon. Der Beginn der päpstlichen Rede hatte ihn hoffen lassen. Schon schien Gregor auf die Verantwortung der Stunde aufmerksam geworden zu sein. Dann aber brachte er das Wort doch wieder auf Johann Sebastian Bach, und Hopkins sah ein, wie privat Gregor im Grunde handelte.

Noch einmal rief der Papst nach einer der beiden Schwestern, als er eines Nachmittags aus unruhigem Schlaf erwacht war.
Er lag nun schon drei Monate krank. Die Hoffnung auf Besserung hatte sich wieder verringert. Selbst der regelmäßige Empfang seines Staatssekretärs war eingestellt worden. Heute aber rief er ihn. Die Schwester ging. Gregor wartete voll Ungeduld. Hopkins kam, er stand noch in der Tür, als Gregor ihm wieder, förmlich unter einem Zwang, der ihm die Worte aus dem Munde preßte, jene merkwürdige Frage stellte: »Sind die Fremden eingetroffen?«
Hopkins erschrak. Er blickte zu Boden, sah wieder auf und fragte mit ruhiger Stimme: »Welche Fremden, Heiliger Vater?«

Gregor richtete sich auf.
»Hopkins, Sie wissen, Wir erwarten eine Abordnung«, sagte er. »Und Wir wollen, daß diese Leute an Unser Bett geführt werden, sobald sie eingetroffen sind.«
»Ich verstehe nicht, Heiliger Vater. Eure Heiligkeit können unmöglich eine Audienz geben.«
Gregor sagte: »Diese Leute haben keinen Wortführer, Kardinal, noch weniger als die Protestanten, die Wir im Sommer zu Uns gebeten hatten. Denn sie sind nicht organisiert. Wir meinen die Ungläubigen, Kardinal. Sie wissen doch, Wir wollen Jean-Sébastien Bach heiligsprechen. Wir wollen die Musik heiligsprechen, die Kunst, die mitwirkend am Heil der Welt ist ...«
Der Kardinal erhob die Hand und trat hastig zu den beiden Schwestern, die mit tickenden Rosenkränzen zu Füßen des kranken Papstes saßen. Er nahm sie bei den Schultern und führte sie durch die Türe nach draußen. Dann begab er sich ans Krankenlager zurück, beugte sich über Gregor und lächelte ihm mit ängstlich zitternden Lippen zu. Er erhob warnend einen Finger und bat den Kranken, nicht zu sprechen, da es Anstrengung koste.
»Lieber Hopkins«, fuhr der Papst unbeirrt fort, »auch die Ungläubigen haben ein Anrecht auf Jean-Sébastien Bach. Haben Wir die Protestanten gefragt, die einen Anspruch darauf hatten, so werden Wir auch die Ungläubigen fragen, zu denen

sich irrtümlich die meisten Künstler zählen. Denn im Grunde ist, ›ungläubig‹ ein Ausdruck, den wir Theologen geprägt haben und der auf die meisten, die wir so nennen, nicht paßt. Sie werden kommen. Wir fürchten nicht, daß Wir von dorther die Vereitlung Unserer Pläne zu erwarten haben, doch hat die Stimme auch dieser Unbefragten großes Gewicht, und Wir müssen sie ernst nehmen.«

Kurze Zeit nach diesem Ereignis geschah ein kleines Wunder.

Papst Gregor lag bereits vier Monate auf dem Krankenbett, es schien sicher, daß es sein Sterbebett würde. Zuletzt war ihm Ruhe zuteil geworden, und er empfing so die Frucht des langen Liegens und Harrens, auf daß sich das Wort der Schrift an ihm erfülle: »Sie werden in ihren Betten erfreut werden.«

Eines Tages, Gregor lag ruhig, die Hände auf der Decke gefaltet, trat nach einer kurz vorher erfolgten, plötzlichen Anmeldung Kardinal Hopkins ein. Er zeigte beim Erscheinen ein sehr verwirrtes Gesicht.

»Nun, mein Sohn?« fragte Gregor und griff zur Seite auf das Tischchen, nahm die Brille, setzte sie auf und sah den Kardinal mit großen, hinter den Gläsern vergrößerten Augen an.

»Heiliger Vater«, sagte Hopkins stockend, »wir haben eine überraschende Nachricht. Ich fühle mich verpflichtet, Eurer Heiligkeit sogleich Mitteilung von dem zu machen, was man sich seit einigen Tagen erzählt und was bereits auf den Plakatsäulen zu lesen ist. Eine Zusammenkunft von Leuten soll in Rom stattfinden, die Eure Heiligkeit selber unlängst als freie Menschen charakterisiert haben. Damit scheinen sich die Gedanken Eurer Heiligkeit insofern zu erfüllen, als es sich tatsächlich um ein Zusammentreffen unorganisierter, geistiger, vielfach ungläubiger, jedenfalls nicht konfessionell gebundener Leute handelt.«

»Und was wollen sie?« fragte Gregor.

»Noch läßt sich nicht sagen, ob ihr Besuch dem Heiligen Vater gilt. Aber es scheint sicher, daß ihr Kommen nicht zufällig ist, sondern mit dem Plan Eurer Heiligkeit in engster Beziehung steht: sie kommen nach Rom, um zum nahenden Geburtstag von Johann Sebastian Bach ein Musikfest zu geben, das Besucher aus aller Welt herbeilocken wird. Konzerte sind angekündigt in verschiedenen Kirchen, im Teatro Argentino, in der Basilika des Konstantin. Es scheint also eine weltliche Angelegenheit und scheint zugleich doch mehr ...«

Da richtete Gregor sich auf, stützte sich mit der einen Hand im Rücken, streckte Hopkins leicht die andere entgegen und sagte: »Kardinal Hopkins, bitte, sagen Sie ehrlich, was, glauben Sie, ist es, das diese Menschen nach Rom führt?«

Hopkins schwieg. Gregor schien es, als blicke er beschämt zu Boden. Es war für Hopkins in der Tat

schwer, sich in allen Dingen, die Gregors eigenste waren, zu entscheiden, besonders, seitdem sämtliche Staats- und Kirchengeschäfte auf seinen Schultern ruhten. Er liebte den Papst. Er verdankte Gregor neben seiner Laufbahn als Kardinal und Staatssekretär eine Reihe großer und glücklicher, menschlicher und geistlicher Erfahrungen. Denn Gregor hatte alle, die während dieser letzten neun Jahre in seiner Nähe leben durften, reich beschenkt; ihn, Hopkins, vielleicht am meisten. An diesem Tag aber gab es außer einigen Mönchen und dem venezianischen Patriarchen, der im Prozeß als Advokat des Himmels waltete, in der unmittelbaren Nähe Gregors keinen Theologen, der unbedingt zu seinen Plänen stand. Hatten sie nicht alle zuletzt doch an das Aufsehen gedacht, das Gregors Ansinnen und endlich der für ihn gewonnene Prozeß in der Welt machen mußte? Diese Welt war ja schließlich keine kirchliche mehr wie im Mittelalter, als es wirklich leicht gewesen war, Menschen heiligzusprechen und den Vorschlägen frommer Männer zu trauen und sie zu verwirklichen.
Heute indessen war nichts als Vorsicht geboten. Die Kirche hatte mehr Feinde als Freunde. Die Zungen der freigesinnten und ungläubigen Elite aller Völker waren gewandt und immer bereit, gegen Rom und seine Theologen zu zeugen. Es waren längst Stimmen laut geworden, die Gregors

Plan als Machwerk abtaten; ja, es hatte sogar schon geheißen, diese Vorstellungen seien am Rande des Kitsches zu Haus, wie so manche Erscheinung in der Kirche. Nun war der Prozeß fast eingeschlafen, als ein anderer, ein neuer erwachte, völlig unerwartet, überraschend, von keinem für möglich gehalten. Und so besehen, betrachtete Kardinal Hopkins es als ein Wunder: die Herzen der freien Menschen schienen mehr der Begeisterung fähig zu sein als die Herzen der meisten Gläubigen, besonders der Theologen; und nur die letzteren hatte man bisher befragt. Ähnlich wie jene, die ihre Begeisterung nach Rom trugen, in die Nähe des sterbenden Papstes, sagte sich Hopkins, zugleich überwältigt von der Sehergabe des Papstes, der dies alles vorausgesehen hatte, würden sich die Liebenden der Welt verhalten, ob christlich oder nicht, wollte irgendein Papst ein Paar der großen Liebenden heiligsprechen – nur auf Grund der Tatsache, daß ihre Liebe ein Stück heiliger Wirklichkeit und damit vorbildlich für alle Menschen gewesen war. Diejenigen aber, die ihnen nacheiferten – das war der Sinn einer Heiligsprechung –, mußten Gott wohlgefällig erscheinen. Denn Gott hatte den Menschen nach seinem Bilde erschaffen, und das hieß: er solle schöpferisch sein. Er hatte den Menschen befohlen: Liebet einander! Und das hieß: sie sollten von reiner Liebe entbrennen. Das war so in Ordnung. Die in

der Ferne standen, fühlten es, wenngleich sie es auch nicht ganz verstanden. Wer aber verstand es überhaupt, wenn nicht dieser Weise, den die Welt bis zum heutigen Tag in Gregor besaß?
Hopkins schwieg noch immer. Ja, er schien beschämt, während ihm solche oder ähnliche Gedanken kamen. Liebe und Begeisterung, Hoffnung und Betrübnis verbargen sich hinter der Scham. Und von Gregor zum zweiten Male befragt, was er glaube, wozu die freien Menschen, Musiker und Geistigen, die Männer und Frauen, Studenten und Kunstbegeisterten in diesen Tagen nach Rom kommen wollten, antwortete er schließlich: »Um Euch, o Heiliger Vater, zu huldigen.«
Gregor lächelte und sah vor sich hin. Dann nickte er, indem er den vom silbernen Haar verklärten Kopf zur Seite neigte, und schloß unter der vergrößernden Brille die Augen. Hopkins nahm die Brille von dem ruhigen Antlitz, legte sie auf das Tischlein und entfernte sich leise mit gesenktem Haupt.

17

Unter den Fremden, die nach Rom kamen, waren Luise Hammerschmied und eine Reihe Freunde aus dem Hamburger Kantatenkreis. Der Zug rollte seinen Weg zu Ende. Die junge Frau stand am offenen Fenster und sah in das verdämmernde Land, worin die künstlichen Lichter von einer erbärmlichen Schwäche waren gegenüber dem letzten Schein des Abendhimmels, der zwischen den grauen Hügeln durchblickte. Der Wagen kam von der Küste der Nordsee und war von verschiedenen Zügen abgehängt und verschiedenen Zügen wieder angehängt und so sicher nach Rom dirigiert worden. Sorglos hatten die Reisenden, die in die Ewige Stadt fuhren, sich ihm anvertrauen können.

Der Klang der Räder, der Achsen und des Windes, das leichte Dahinrollen auf den zwischen den Hügeln sich neigenden Schienen kündigten das Ende der Fahrt an. Zu ihren Füßen das Gepäck, die Reisetasche und das verhüllte Musikinstrument, beugte Luise sich aus dem Fenster und schaute querfeldein über die sich langsam drehenden Hänge hin, auf die Kämme der Höhen, die mit großen, dunkel schattenden Häusern der Vorstadt gekrönt waren. Reisende in ihrem Rücken hörte sie die Vorstädte, an denen sie der Zug vorüberfuhr, mit Namen nennen, altvertraute, in der Erinnerung wie Musikthemen sooft gesucht. Die letzten Vorbereitungen vor der Ankunft begannen, während es draußen immer dunkler wurde. Männer und Frauen, Geistliche und Nonnen traten auf den Gang des Wagens, brachten ihr Gepäck an die Türen, wo Gedränge entstand. Erregung faßte Luise, die zum drittenmal nach Rom kam. Mit den Händen griff sie an die Fensterrahmen, um das Zittern zu hemmen, das bei dem Bewußtsein entstand, Einzug in die Ewige Stadt zu halten. Die Erwartung war so groß wie je. Beim ersten Male waren die Umstände ganz ähnlich gewesen. Auch damals war Frühling. Zusammen mit vielen war sie gekommen, wie heute ein Musikfest zu begehen. Vom Norden, aus Hamburg, wohin Johann Sebastian Bach als Schüler zu dem greisen Orgelmeister Adam Reinken gepilgert war, hatte sich der Bachkantatenkreis auf die Spuren der Musik gesetzt, die vor mehreren Jahrhunderten von den alten Meistern über die Alpen geholt worden war, um sie Johann Sebastian zu Füßen zu legen. In Rom hatte der große Hort der gregorianischen Musik gelagert, hatten Palestrina und Monteverdi ihre feierlichen Gottesdienste zelebriert. Und

durch das Land, von Stadt zu Stadt, war Frescobaldi gezogen, in seinem Gefolge zehntausend Begeisterte. Und nun kamen wieder die Begeisterten nach Rom, der Musik zu huldigen, Johann Sebastian Bach zu huldigen und – was unausgesprochen blieb – dem Manne zu huldigen, der ein so gewichtiges Wort gesprochen hatte, das Bach und die Musik, welche wie die Liebe teilhat an den Schöpfungsgesetzen Gottes, heiligsprach: dem im Sterben liegenden Papst.
Das zweite Mal war sie im Herbst vor zwei Jahren nach Rom gekommen, noch beeindruckt durch ihre erste Begegnung mit der Stadt im Frühjahr vorher. Damals kam sie allein. Doch im Norden hatte sie die Bilder von den Wänden genommen, darunter das Bild des verehrungswürdigen Papstes, mit dem sie das protestantische Theologenhaus geschmückt hatte. Sie blieb, bis sie nach einem Jahr dem Vater folgte und nach Deutschland zurückkehrte, um für den großen Plan des Papstes zu werben.
Viele Werber gab es. Da waren Mönche an die Wirkungsstätten Bachs gezogen, um das Material für den römischen Prozeß zu beschaffen; da waren die Musikbegeisterten aus dem Volk, die sich für Gregors Vorhaben einsetzten. Doch langsam verzagten die Römer: der Papst war erkrankt. Neue Kräfte erwachten und bereiteten sich vor, dem vereinsamenden Papst zu helfen. Aber schon

schien es zu spät. Der kranke Papst erhob sich nicht mehr. Da entschlossen sich schließlich die freien Menschen, gebundene wie ungebundene, Gläubige wie Ungläubige, die voneinander vernommen hatten und schon lange eine unorganisierte Gemeinschaft bildeten, in der sie sich immer dann zusammenfanden, wenn irgendwo auf der Erde ein leuchtender Herd des Trostes warm und verheißungsvoll aufflammte, zu einer geschlossenen Demonstration. Zum Geburtstage Bachs wurde ein Fest in Rom vereinbart, in der Nähe Gregors, um ihm und seinen Theologen zu zeigen, daß der musizierenden Menschheit die Absichten des ohnmächtigen Papstes gar nicht so fremd seien. Es war schwer zu sagen, wie das ganze zustande kam; hier begann es, dort fand es Anklang und Durchführung: einer reichte dem anderen das Licht – wie bei den antiken Staffelläufern nach Olympia: dort war das Ziel, und Tausende, ja Zehntausende fanden sich ein und strömten in Rom zusammen.

Kaum merkbar hielt der Zug. Draußen liefen die Gepäckträger zusammen, die Motoren der Lastwägelchen surrten, der Wirrwarr der Fußgänger entstand. Luise Hammerschmied wandte sich in den Wagen zurück und nickte den noch im Abteil zögernden Freunden zu. Neugierig traten sie in die Tür. Leute drängten sich vorbei. Luise nahm ihr Gepäck in die Hand und schloß sich ihnen an.

Dann stand sie wieder auf römischem Boden, und es drängte sie förmlich dahin, den anderen voraus, zwischen den lärmenden Menschen und Dingen trieb sie in einer dumpfen, erwartungsvollen Abgeschlossenheit. Die eine Hand hielt die Reisetasche, die andere die Violine. Diesmal hatte sie nicht die Bilder von der Wand genommen, führte sie keine Notenhefte mit. Nach dem Fest wollte sie nach Hamburg zurück, wo sie den Kantatenkreis leitete. Sie hatte mehrere der Musiker gewinnen können, mit nach Rom zu kommen und sich an den freien Konzerten der freien Menschen zu beteiligen.
Die kleine Gruppe betrat die Bahnhofshalle. Um das Gepäck geschart, standen sie und berieten. Sie mußten sich der Gepäckträger, Hoteldiener und Zimmervermittler erwehren, von denen sie immer wieder bedrängt wurden. Mit einigen verhandelte man. Luise hatte für dies Geschehen um sie herum weder Auge noch Ohr. Sie hörte die Zeitungsausrufer und sah die erregten Menschentrauben an den Kiosken. Langsam, wie traumwandelnd, ging sie zu einem dieser Zeitungsstände hinüber. Er war so dicht belagert, daß Luise nicht durchfand, ihr Blick reichte nicht über die Köpfe der Menge hinweg, und von den Leuten, die aus der zusammengeballten Masse mit erstandenen Zeitungen in der Hand sich Bahn schafften, zurückgestoßen, spürte sie plötz-

lich eine dunkle Scheu, weiter nach dem Ereignis zu forschen, das hier die Menschen zu bewegen schien.
Als sie zu den Ihren zurückkam, hatten diese sich mit einem Zimmervermittler, einem alten Manne, geeinigt; er wollte sie zu einer Pension jenseits der Thermen bringen. Luise stimmte zu, übergab den Freunden ihr Gepäck und versprach, in einer Stunde, wenn sie die Stadt ein wenig durchstreift hätte, an Ort und Stelle zu sein. Sie trennten sich, und Luise Hammerschmied lief allein in die Stadt hinein, deren Mauern sie mit einem Male fragend und wie mit gesenkten Lidern ansahen. Die Lichter brannten starr wie je, die bunte Leuchtreklame spielte, die rauschenden, hochschäumenden Fontänen glänzten im Licht der Scheinwerfer. Luise ging über den Platz, hörte wieder die Ausrufer, sah Menschen um die Zeitungsstände versammelt, sah verschiedene grelle Lichter verlöschen, sah, wie einige Geschäfte von den Inhabern vorzeitig geschlossen wurden. Sie sah die Sonderausgaben der Zeitungen in allen Händen. Als eine Reihe von Omnibussen am Bordstein hielt, die eine Verkehrsstockung zu einer Herde zusammengetrieben hatte, stieg sie in den Wagen, dessen rotbeschriftetes Schild als Ziel den Dom von Sankt Peter angab. Sie löste den Fahrschein, empfand Widerwillen gegen die Bereitschaft in sich, mit der sie dem schnell ins Auge gefaßten Ziel entgegen-

fuhr, und sah mit starrem Blick auf die Straßen der fast schon nächtlichen, doch noch vom Geschäftslärm erfüllten Ewigen Stadt.

Die Dinge hatten ihren Wert verloren in dem trüben Licht, das von einigen Geschäften übrig blieb, während ihre Inhaber nach und nach die Läden schlossen. Der Ledergriff über ihr, in dem die Hand locker lag, war zum Festhalten da, doch hatte sie ihn loslassen mögen. Ihr schwindelte beim Schaukeln des Wagens. Starr sah sie hinaus. Von einigen Plakatwänden grüßte sie der Name BACH, ohne die beiden Vornamen, die kleiner gedruckt und nun nicht mehr zu erkennen waren, von den Straßenecken herüber aber riefen die Zeitungsausrufer den Namen des Papstes. Die Welt erfuhr in dieser Stunde sein Ende.

Der Wagen hielt einige Gassen vor Sankt Peter. Die Leute, meist mit schwarzgerandeten Abendzeitungen in der Hand, deren Titel in groß gedruckten Lettern den Namen des Heiligen Vaters mit dem Attribut der steilen römischen Ziffern trugen, verließen schweigend den Wagen und verloren sich in dem dunklen Raum der Stadt jenseits des Tibers.

Hier herrschte völlige Stille. Die Geschäfte waren geschlossen. Kaum ein Wagen fuhr durch die Gassen. Jenseits der Kolonnaden war es fast finster. Der große Platz vor dem Dom der Christenheit war leer, im fahlen Licht der Laternen sah man schweigend verharrende Gruppen stehen und zu den schwarzen Wänden des Vatikans hinaufblikken. Die Fontänen rauschten nicht. Auf der Treppe stiegen Gläubige zum Portal der Kirche empor. Die Basilika war geöffnet und brannte winzige Lichter dem Gott, der die Macht hat, das Leben nach dem Tode zu schenken. Dunkler Grabgesang erklang unter der Kuppel von Sankt Peter:

Deus, qui potestatem habes
donare vitam post mortem.